光文社文庫

文庫書下ろし／長編時代小説

急報

聡四郎巡検譚(五)

上田秀人

KOBUNSHA

JN020713

光　文　社

この作品は光文社文庫のために書下ろされました。

目次

第一章　動き出した闇　11
第二章　西静東騒　68
第三章　奪われた宝　128
第四章　公と私の衡　186
第五章　将軍からの書状　243

東海道中宿場図
信濃
甲斐
武蔵
天竜川
遠江
大井川
駿河
相模
伊豆
下総
日本橋
品川
川崎
神奈川
程ケ谷
戸塚
藤沢
平塚
大磯
小田原
箱根
三島
沼津
原
吉原
蒲原
由比
興津
江尻
府中
鞠子
岡部
藤枝
島田
金谷
日坂
掛川
袋井

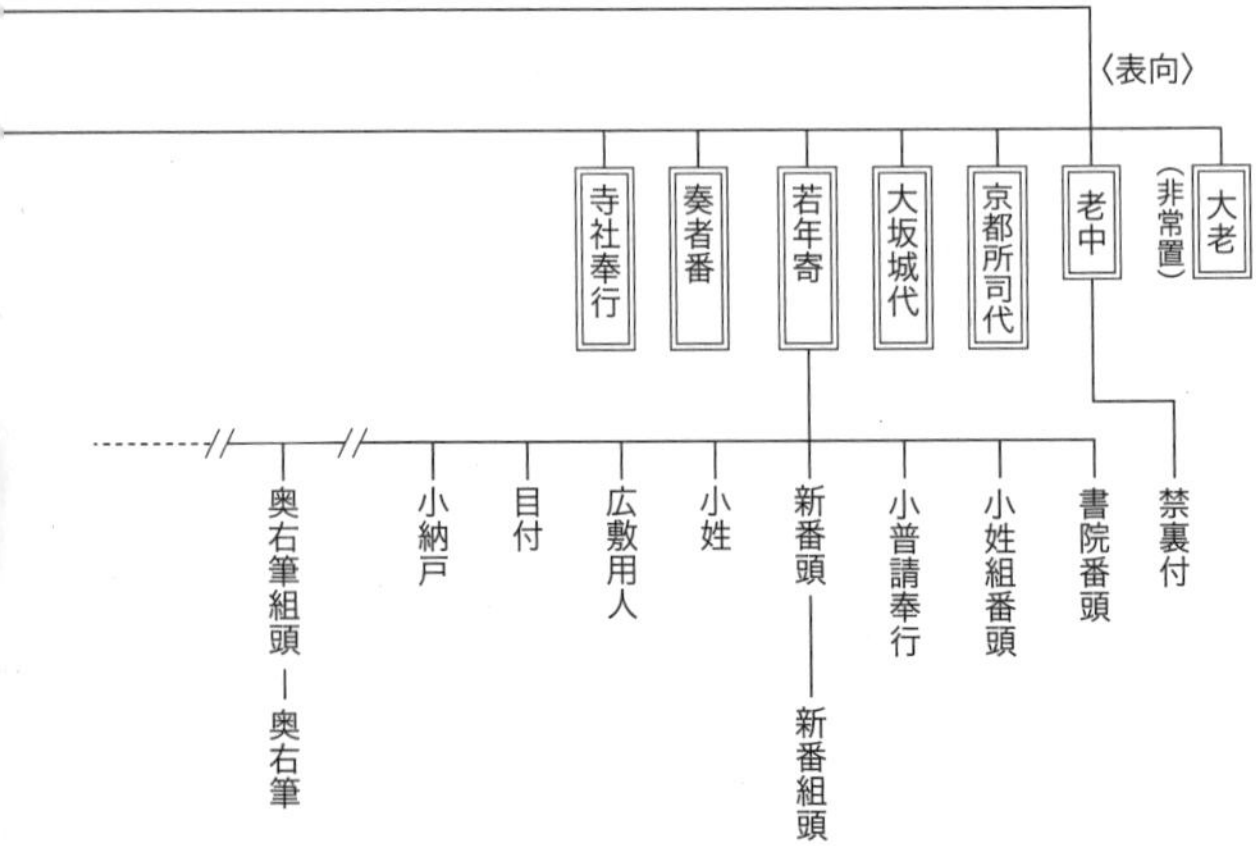
〈表向〉
大老
（非常置）
老中
京都所司代
大坂城代
若年寄
奏者番
寺社奉行
禁裏付
書院番頭
小姓組番頭
小普請奉行
新番頭
新番組頭
小姓
広敷用人
目付
小納戸
奥右筆組頭
奥右筆

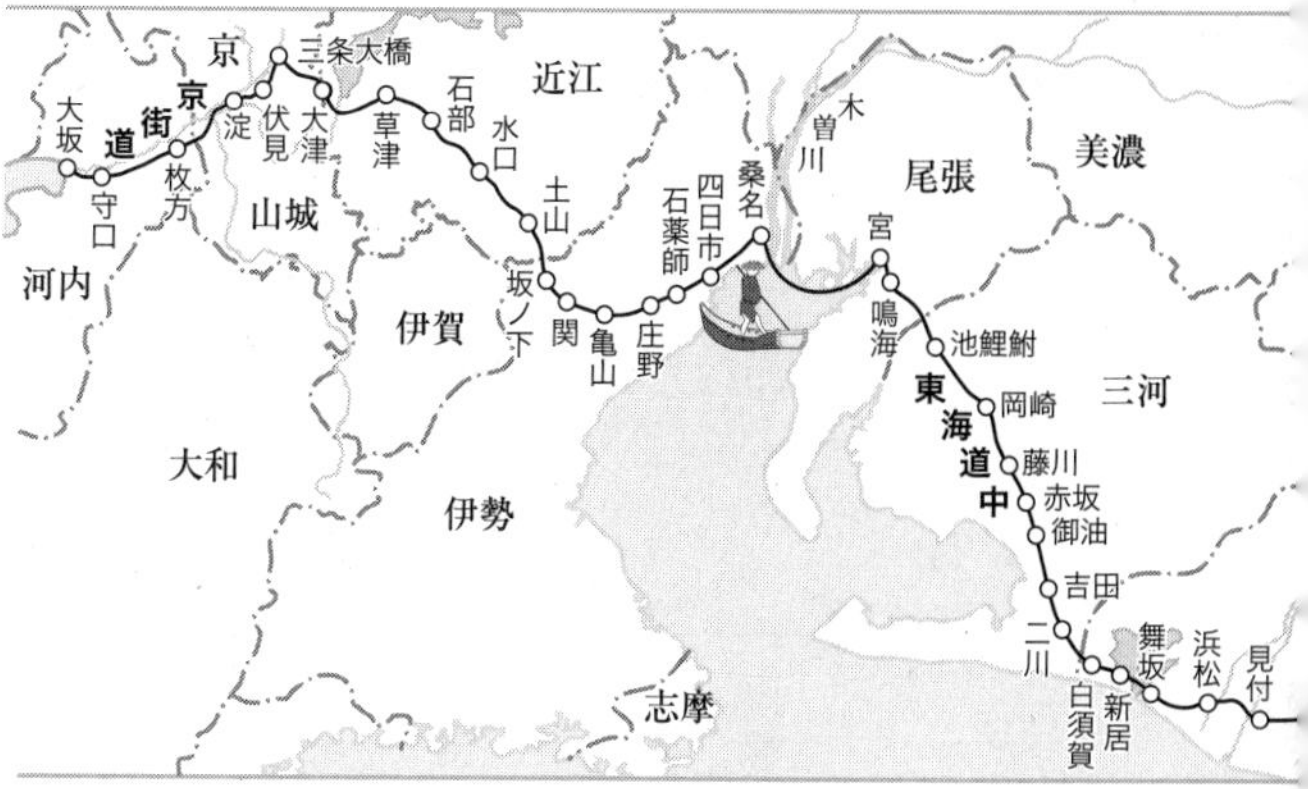
京
近江
三条大橋
石部
水口
土山
大坂
道
街
京
淀
伏見
大津
草津
守口
枚方
山城
河内
伊賀
坂ノ下
関
亀山
庄野
石薬師
四日市
桑名
木曽川
尾張
美濃
宮
鳴海
池鯉鮒
岡崎
藤川
赤坂
御油
吉田
二川
白須賀
新居
舞坂
浜松
見付
三河
東
海
道
中
大和
伊勢
志摩

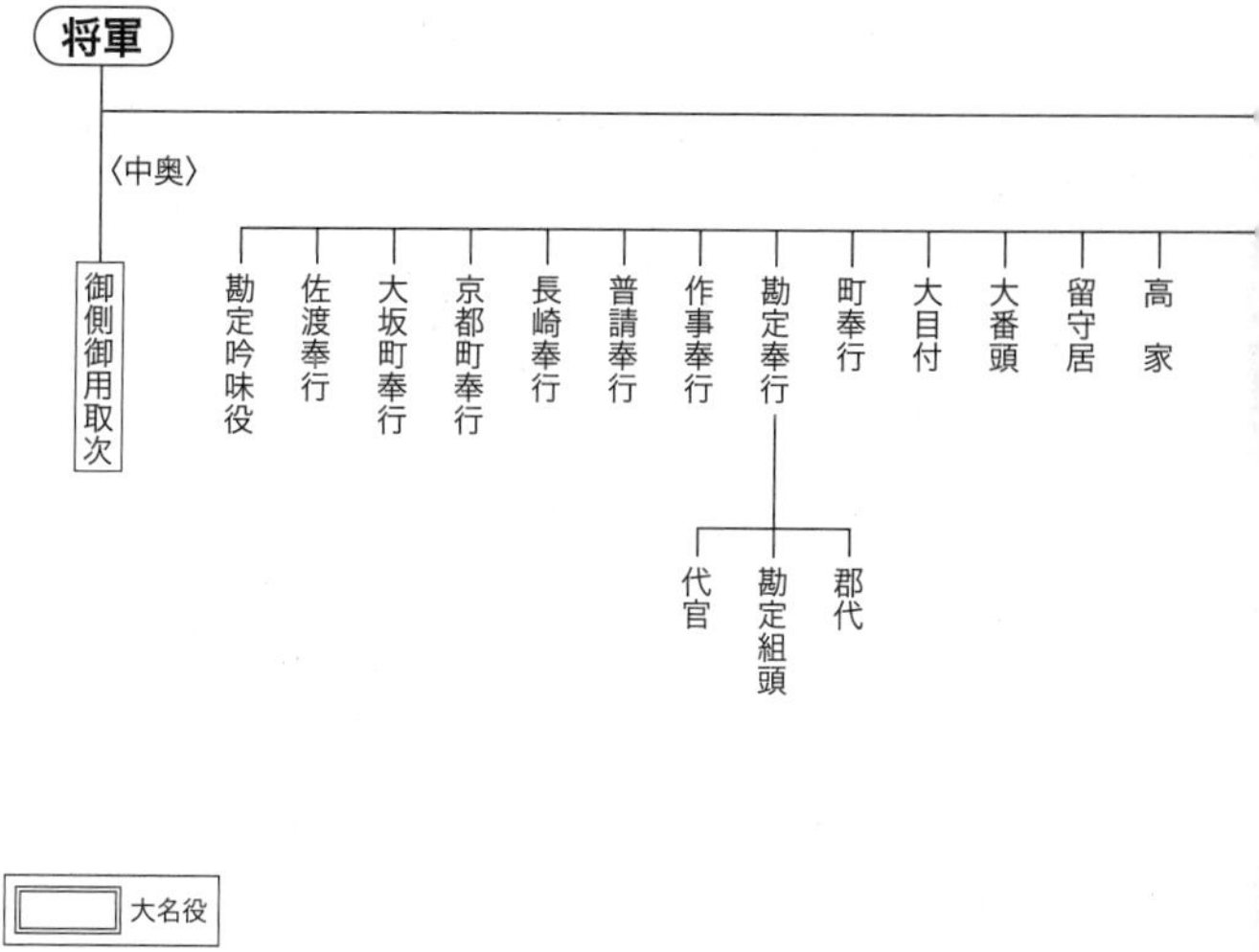
将軍
〈中奥〉
御側御用取次
勘定吟味役
佐渡奉行
大坂町奉行
京都町奉行
長崎奉行
普請奉行
作事奉行
勘定奉行
町奉行
大目付
大番頭
留守居
高家
代官
勘定組頭
郡代
大名役

大坂図

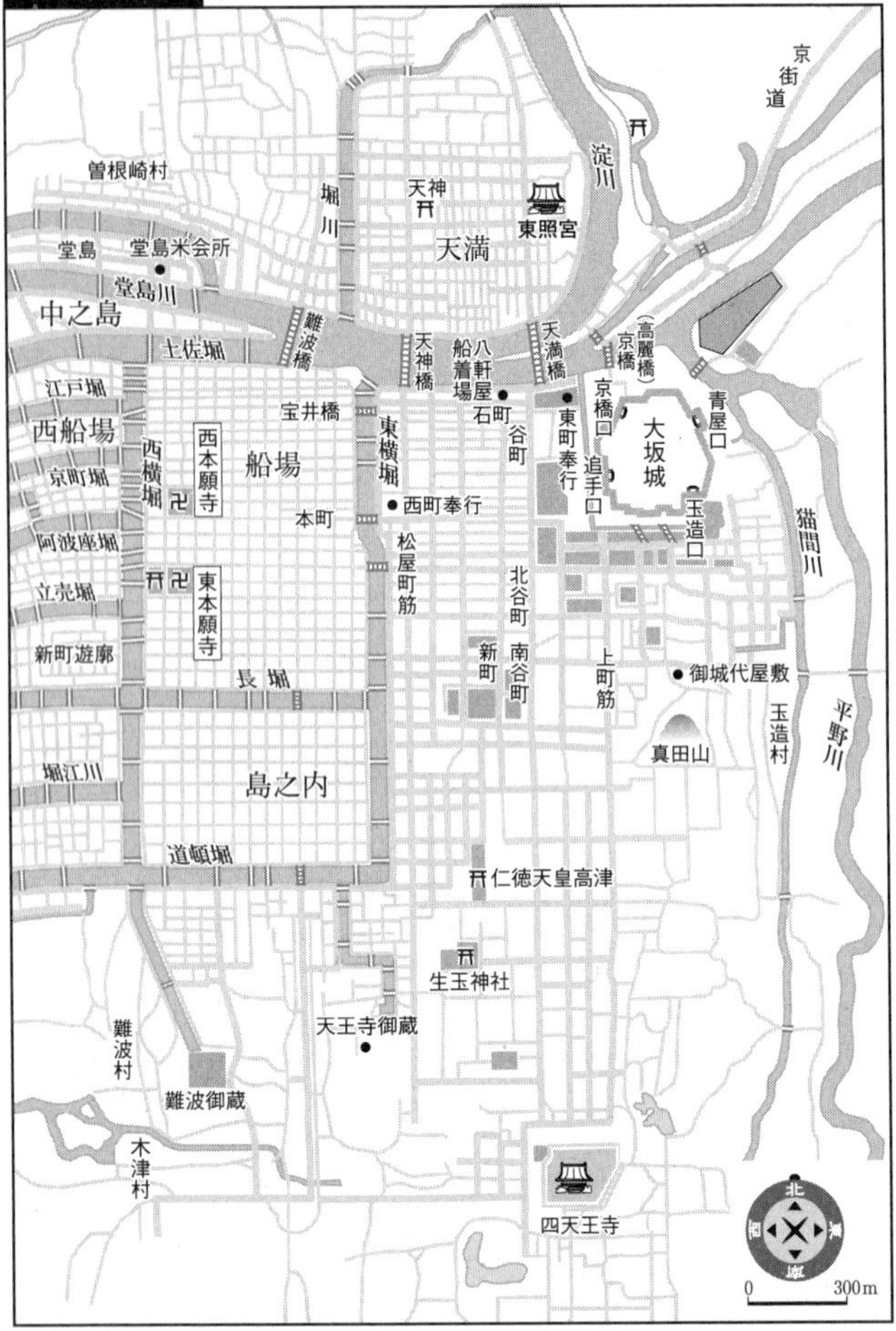
京街道
淀川
曽根崎村
天神
東照宮
堀川
天満
堂島
堂島米会所
堂島川
中之島
難波橋
天神橋
八軒屋
船着場
天満橋
（高麗橋）
京橋
土佐堀
江戸堀
西船場
宝井橋
石町
谷町
東町奉行
京橋口
大坂城
青屋口
追手口
西横堀
西本願寺
船場
東横堀
京町堀
西町奉行
本町
玉造口
猫間川
阿波座堀
松屋町筋
北谷町
立売堀
東本願寺
新町遊廓
新町
南谷町
上町筋
御城代屋敷
長堀
玉造村
平野川
真田山
堀江川
島之内
道頓堀
仁徳天皇高津
生玉神社
天王寺御蔵
難波村
難波御蔵
木津村
四天王寺
北
東
南
西
0
300m

急報　主な登場人物

水城聡四郎《みずきそうしろう》……道中奉行副役。一放流の遣い手。将軍吉宗直々の命で、大宮玄馬とともに諸国を回り、また、剣術の師匠・入江無手斎から言われ、諸国の道場も見て回っている。

水城　紅《あかね》……水城聡四郎の妻。元は口入れ屋相模屋の娘。聡四郎に嫁ぐにあたり、吉宗の養女となる。聡四郎との間に娘・紬《つむぎ》をもうける。

大宮玄馬《おおみやげんば》……水城家の筆頭家士。元は、一放流の入江道場で聡四郎の弟弟子だった。聡四郎とともに、諸国を回る。

入江無手斎《いりえむてさい》……一放流の達人で、聡四郎と玄馬の剣術の師匠。

袖《そで》……元伊賀の女郷忍。兄を殺された仇討ちで聡四郎を襲うが、返り討ちにされたのち、改心して水城家に入り、紅に付き添う。

加納遠江守久通《かのうとおとうみのかみひさみち》……御側御用取次。紀州から吉宗について江戸へ来る。聡四郎とともに、将軍吉宗を支える。

徳川吉宗《とくがわよしむね》……徳川幕府第八代将軍。紅を養女にしたことから聡四郎にとって義理の父にあたる。聡四郎に諸国を回らせ、世の中を学ばせる。

聡四郎巡検譚 五

急報

第一章　動き出した闇

一

東海道一番目の宿場品川《しながわ》は、目黒川《めぐろがわ》の南北に拡がる元《もと》品川と法禅寺《ほうぜんじ》門前町を中心とする歩行《かち》品川に分かれていた。

江戸から半日で行き来できることから、旅立ちではなく遊びで足を運ぶ者が増え、それを当てこんだ茶店、料理宿などが増え、どんどん品川は拡がっていった。

新たに生まれた歩行品川にいたっては、元品川があるため南へ拡がれず、どんどん北へと延び、今では高輪《たかなわ》の大木戸近くまで町並みが来ていた。

その歩行品川の外れに近い茶屋、以呂波《いろは》に御広敷伊賀者組頭《おひろしきいがものくみがしら》だった藤川義右衛門《ふじかわぎえもん》が来ていた。

「集まったな」

藤川義右衛門が以呂波の奥で、配下となった伊賀の抜忍《ぬけにん》を見渡した。

「待たせた。辛抱はここで終わる」

「…………」

無言で見上げてくる配下の抜忍たちに、藤川義右衛門が話しかけた。

「長く虐《しいた》げられてきた我らがついに、解放されるのだ。今日、品川を支配している木屋町《きやまち》の利助《りすけ》を殺し、その縄張りを手にする。知ってのとおり、品川は宿場というより、遊廓《ゆうかく》であり、その儲けは吉原《よしわら》に匹敵する。そして品川を手に入れれば、我らが江戸の闇の半分を支配したことになる」

「半分……」

「おおっ」

藤川義右衛門の言葉に配下の抜忍たちが感嘆した。

「三十俵三人扶持《ぶち》では味わえなかった贅沢《ぜいたく》をさせてくれる。ここにおる者には、少なくとも月五十両をくれてやる」

「五十両……」

「年に六百両となれば、一千五百石《こく》取りに等しい」

配下の抜忍たちがざわついた。

旗本《はたもと》は四公六民、表高《おもてだか》の四割が実収入になった。

「笹助《ささすけ》」

「はっ」

茶屋以呂波の主《あるじ》として、歩行品川で利助の情報を集めていた笹助が、藤川義右衛門の呼びかけに応じて、前に出た。

「敵の数は」

「十四」

「内訳は」

「浪人が五人、凶状《きょうじょう》持ちが四、手配者が四、それに利助。あとは旅籠《はたご》の奉公人と飯盛女《めしもりおんな》が十人ほど」

「腕は」

「浪人のうち水城《みずき》以上は一人、そこいらの道場主と同等が二、あとの二人は大したものではなし。凶状持ちは、どれも匕首《あいくち》を使って身体ごとぶつかってくるだけ。手配者は、長脇差《ながどす》を振り回すくらい」

藤川義右衛門の問いに笹助が答えて言った。

「敵にならぬの」

聞いた藤川義右衛門が笑った。

端《はな》から旅籠の奉公人と飯盛女は数に入れていない。

「水城以上という浪人は、吾《われ》がやる。残りを片付けろ」

「利助はどうしやす。捕らえまするか」

笹助が問うた。

一応、利助は藤川義右衛門の妻勢《せい》の父であり、義父にあたる。それを笹助は気遣った。

「いや、殺していい」

悩むことさえなく、藤川義右衛門が返した。

「承知」

それ以上言わず、笹助がうなずいた。

「品川代官が気づく前に終わらせる。勝てば代官所はなにも言わぬ」

藤川義右衛門が手早く片付けろと命じた。

品川代官は関東郡代《かんとうぐんだい》の配下にあり、関東代官は勘定奉行の支配を受ける。品川の宿場で騒動を起こせば、勘定奉行を敵に回すことになる。

権限だけでいえば、勘定奉行は町奉行を凌駕《りょうが》する。品川代官には、抵抗するだけの武力も、探索をする人材もないが、勘定奉行が出張ってくれば、闇は大きな痛手を受ける。

勘定奉行は、関八州《かんはっしゅう》を巡検する者という火付盗賊改方《ひつけとうぞくあらためかた》のような役割の旗本を使える。また、町奉行に協力を求めることもできる。

品川の顔役といったところで庶民でしかなく、一々幕府が相手をするほどではないと目こぼしされているにすぎないのだ。

「手裏剣はかならず回収しろ。決して、伊賀者だと知られぬようにな」

「わかっておりまする」

「お任せあれ」

念を押した藤川義右衛門に、配下の抜忍たちが胸を張った。

「よし、出るぞ」

藤川義右衛門が決行を宣言した。

木屋町の利助は、品川を支配してから手に入れた旅籠を拠点として使っていた。

「旦那」

旅籠を預けている番頭が、奥の間で煙管《キセル》を吹かしている利助に声をかけた。

「なんや」

「以呂波を見張らせていた男が、戻ってきません」

番頭が報告した。

「……………」

利助の目つきが変わった。

いずれ娘婿と当たると利助は理解していた。品川の宿を落としながら、対価も求めず譲った藤川義右衛門を、利助は疑っていた。

闇にあるのは金と貸しだけで、恩と借りはない。親子の間でも縄張りの取り合いで殺し合うのが普通なのだ。それなのに、娘婿が月に六百両の金が落ちると言われている品川の宿場を義父に渡す。

「これはえらい贈りものやな」

喜んでおきながら、利助は藤川義右衛門への警戒を強くした。

「やっぱりの」

利助は藤川義右衛門が己を品川に封じこめたとすぐに悟った。藤川義右衛門は、江戸でもっとも繁華な両国《りょうごく》と深川《ふかがわ》、浅草《あさくさ》という縄張りを支配しようと考えていた利助を、品川から出られないよう浜町《はまちょう》の縄張りを押さえ、その動きを封じたのである。

「ずいぶん跳《は》ねるやないか」

浜町から両国、浅草と金になる縄張りを次々と手に入れていく藤川義右衛門を利助は冷たい目で見ていた。

もちろん利助も遊んでいたわけではない。元品川をしっかりと固めつつ、歩行品川へと利助は手を伸ばした。

その過程で、利助は歩行品川法禅寺門前町の茶店が、藤川義右衛門の配下によって買われていることに気づいた。

「おまえの狙いは、わかってるでえ」

笑った利助は、以呂波をずっと手下に見張らせていた。朝、昼、晩と三交代で以呂波を見張らせ、交代したら旅籠まで現状を報《しら》せるようにと命じていた。

その報告が途絶えた。つまり、見張りは殺されたと利助は理解した。

「陣場《じんば》先生たちは」

「いつものように賭場《とば》で」

「すぐに引っ張って来い。敵が来るちゅうてな」

「へい」

怒鳴られた番頭が駆けていった。

「一文字《いちもんじ》、一文字」

続けて利助が手を叩いた。

「……親分、来ましたか」

太り肉《じし》の男が、顔を出した。

「仕事や」

「相手は、娘婿はんでしたな。殺《や》ってもよろしいんで」

一文字と呼ばれた男が、無表情に問うた。

「殺せ。決して、生かして帰しな」

利助が首を縦に振った。

「親分は、ここから動かないようにしておくれやす」

そう残して、一文字が背を向けた。

「藤林《ふじばやし》、返り討ちや。おまえを殺せば、品川から浅草まで、儂《わし》のもんになる。江戸と京《みやこ》、その両方の闇を、儂が支配する。江戸に幕府ができて以来、今まで誰一人なし遂げなかった偉業じゃ」

利助が大声で笑った。

忍ほど目立たない者はいない。

できるからといって、他人目《ひとめ》のあるところで風のように走らないし、猿《ましら》のように、家の壁や屋根に登ったりはせず、風景に溶けこむ。

以呂波を出た藤川義右衛門以下、伊賀の抜忍たちは、それぞれが旅人や遊客に扮《ふん》して、街道筋を進んだ。

歩いたところで、歩行品川と元品川は近い。小半刻《こはんとき》（約三十分）もかからず、旅籠の前に着いた。

「ごめんよ」

歳老いた旅人に放下《ほうか》した湯浅《ゆあさ》が、旅籠の暖簾《のれん》を割った。

「おいでなさいませ」

すぐに奉公人が応対した。

「少し疲れたのでな。今日泊めてもらえるかの」

年寄りのような声で湯浅が求めた。

「空いておりますとも。どうぞ、こちらに。濯《すす》ぎをいたしましょう」

奉公人が湯浅を上がり框《かまち》へと案内した。

「邪魔をする」

今度はどこぞの藩士のような風体《ふうてい》になった笹助が、旅籠へ入った。

「はい」

別の奉公人が笹助に応じた。

「休息をいたしたい。座敷はあるか」

「どのくらいでございましょう」

「一刻《いっとき》（約二時間）ほどでよい」

どのくらい滞在するのかと問われた笹助が答えた。

「では、こちらへ」

予約している客との兼ね合いがある。笹助が一階の奥へと案内されて入っていった。

「裏へ回れ」

休む振りで旅籠の向かいにある茶店に座った藤川義右衛門が、小さな声で呟《つぶや》いた。

「…………」

鳥追《とりお》い女に化けた伊賀の抜忍が、三味線をつま弾きながら路地へと消えていった。

「そろそろか」

藤川義右衛門が笹助と湯浅が旅籠にあがる機を見計らった。

「行け」

「…………」

茶店に座ったままの藤川義右衛門が手を振るのに合わせて、残っていた二人の伊賀の抜忍が旅籠へと飛びこんだ。

「な、なんだっ」

事情を報されていない奉公人が驚愕《きょうがく》した。

「はっ」

旅籠の土間に、一人の伊賀の抜忍が火薬を投げて、爆発させた。

「ひゃああ」

客を迎えていた奉公人たちが悲鳴をあげて、恐慌《きょうこう》状態に陥った。

「……始まった」

「よし」

それぞれ別の座敷に案内されていた笹助と湯浅が、動き出した。

「……来たな」

奥にいた利助も爆発音で気づいた。

「烏丸《からすまる》、大蛇《だいじゃ》、表へ行け。虎《とら》は、おいらと一緒に親分の護りだ」

利助のいる座敷前の廊下で控えていた一文字が、仲間に指示した。

「よっしゃ」

「任せよ」

烏丸、大蛇と呼ばれた若い無頼《ぶらい》が走った。

「殺しに行っちゃ駄目なのか」

残された虎が文句を言った。

「安心しろ。すぐに獲物は来る」

「本当だろうな。でなきゃ、勝手にする」

一文字に宥《なだ》められた虎が一応治まった。

土間で火薬を爆発させた二人の伊賀の抜忍が、うろたえている奉公人たちを襲って、当て身を加えた。

「ぎゃっ」

「あふっ」

男も女もかかわりなく、当て落としていく。意識があれば刃向かったり、外へ報せに出たりとややこしくなるからであった。

「おめえらかあ」

「いやがった」

烏丸と大蛇が、匕首を抜いて伊賀の抜忍へと跳びかかった。

「ふん」

「………………」

嘲笑《ちようしよう》を浮かべた二人が、烏丸と大蛇の喉へ棒手裏剣を叩きこんだ。

声も出さず、烏丸と大蛇が死んだ。

「煙がっ」

ようやく用心棒たちを賭場まで迎えに行っていた番頭が戻ってきた。

「先生方」

「わかっておるわ。親分に何かあっては、金がもらえぬ」

顔色を変えた番頭に、浪人たちがうなずいて旅籠へ飛びこんだ。

「陣場さま……」

動こうとしない浪人に、番頭が怪訝《けげん》な顔をした。

「どいてろ。なかではなく、外に敵がいる」

陣場が茶店に座っている藤川義右衛門を見つめた。

「思ったよりもできる」

睨《にら》まれた藤川義右衛門が独《ひと》りごちた。

「ここに置くぞ」

茶代を支払って、藤川義右衛門が立ちあがり、ゆっくりと旅籠へと足を進めた。

「おめえが親分の娘婿だな」

「ああ」

確認してきた陣場に、藤川義右衛門がうなずいた。

「ならば、死ね」

いきなり陣場が太刀を抜いて、斬りかかった。

「…………」

無言で藤川義右衛門が跳びあがって、一撃をかわした。

「はっ、えいっ、とう」

外された一刀を翻《ひるがえ》して、陣場が攻撃を重ねた。

「ちっ、疾《はや》い」

舌打ちをしながらも、藤川義右衛門が避《よ》け続けた。

「身軽な……ならば」

陣場が攻撃を中断して、太刀を鞘《さや》に戻した。

「居合いか。同じだよ。吾を捉えられるものか」

藤川義右衛門が鼻で笑った。

「ほざいておれ……」

「……なんだと」

しゃべっていた陣場が、一瞬にして藤川義右衛門を斬った。陣場の太刀が、藤川義右衛門の右肩で止まっていた。

「無拍子《むびょうし》か……」

「鎖帷子《くさりかたびら》か」

藤川義右衛門が驚き、陣場が吐き捨てた。

無拍子とは、体重の移動、つま先の動き、目の据えどころなどの変化をなくすことで相手に気づかれず攻撃するという、達人技であった。

「用意周到で命を拾ったな」

陣場が苦笑した。

「そうか、そのように見えたか。そのていどでは、あの従者には及ばぬな」

藤川義右衛門が嘲笑を浮かべた。

「なんだと。誰だ、その従者とは。まあ、いい。どうせ、お前はここで死ぬ。鎖帷子とはいえ、首までは覆えまい」

肩で止まっている太刀を陣場がひねり、刃を藤川義右衛門の首へと向けて滑らせようとした。

「だから、馬鹿だと言った。鎖帷子は手まで覆えるのだぞ」

嘲笑を残したままで、藤川義右衛門が右手で陣場の太刀を握った。

「しまった」

鎖帷子は胴体だけだと思いこんでいた陣場が焦った。

「離せ」

太刀を引き抜こうとしても、しっかりと摑《つか》まれていてはどうしようもない。

「くそったれめが」

陣場が太刀を捨てて、脇差《わきざし》の柄《つか》を握ろうとした。

「この間合いで、抜く暇が与えられると思っているとはな」

大きく一歩踏みこんだ藤川義右衛門が、左手で陣場の鳩尾《みぞおち》を殴りつけた。

「……ぐはっ」

肺のなかの空気を無理矢理押し出された陣場が呻《うめ》いた。

「無拍子を使えるのはよかったが、それに頼りすぎだ」

冷たく言い捨てた藤川義右衛門が、呻いている陣場の喉を左手で絞めた。

「や、やめ……ぐうう」

喉仏を砕かれて陣場が死んだ。

「鎖帷子は重い。それを着こめば、動きが鈍くなる」

藤川義右衛門が左手を離したことで、陣場の身体が地に崩れた。

「鈍っていなければ、無拍子でもかわせた。それに気づかぬ段階で、おまえは吾が敵ではない」

右手に摑んだままであった太刀を、陣場の上に藤川義右衛門が落とした。

「さて、そろそろなかも終わるか」

藤川義右衛門が旅籠へと入っていった。

二

京から大坂《おおさか》の間には、宿場が四つあった。伏見《ふしみ》、淀《よど》、枚方《ひらかた》、守口《もりぐち》である。およそ十二里半（約五十キロメートル）しかないことを思えば、多い。少し健脚な者ならば、どこの宿場にも泊まらずに一日で行ってしまうというのに、宿場町がやっていけるのは、やはり商売での往来が活発だからであった。

荷物を担いで、あるいは荷車を引いてとなると、どうしても一夜過ごさなければならなくなる。夜通し運べばいけるだろうと無理をすれば、夜盗に襲われることもある。ものと金を動かすところに、かならず闇は生まれた。

しかし、京から大坂へ向かう旅人は、まず街道を使わなかった。ほとんどの旅人は、伏見から大坂の天満《てんま》まで淀川《よどがわ》を下る船を利用した。

伏見を昼過ぎに出て、翌早朝に天満に着く。

重い荷物を背負わずともよく、寝ている間に運んでくれる。たしかに船賃はかかるが、それでも宿屋に泊まるよりは安く、なによりも楽であった。

「殿、大坂城が」

船のなかで大宮玄馬《おおみやげんば》がはしゃいだ。

「なんとも立派な」

「であるな。江戸城には及ばぬが、今まで見てきた城のなかでは一番であろう」

水城聡四郎《そうしろう》も、川面から見上げる大坂城の勇姿に感嘆した。

「着きまっそお」

船頭がまもなく天満八軒屋《はちけんや》の船着き場だと告げた。

「お武家さま、どうぞ」

船を船着き場に固定した船頭が、聡四郎たちを促した。

「うむ」

うなずいた聡四郎が、最初に船を下りた。

「ご苦労であった」

大宮玄馬が船頭を労《ねぎら》いながら続き、小者《こもの》の傘助《さんすけ》と猪太《いのた》が従った。

「さあさ、皆、下りてや」

聡四郎たちが船から陸に上がるまで他の客を待たせた船頭が、ようやく許可を出した。

「やれやれでんなあ」

「しかたおまへんで。相手は人斬り庖丁持ってますねん。怒らせたら、なにするかわかりまへんし」

待たされた商人らしい二人が文句を言いながら、船着き場を進んで行く。

「殿」

剣術遣いは目だけでなく、耳もいい。商人たちの無礼な言動に大宮玄馬が、憤りを見せた。

「放っておけ。これが大坂なのだろう」

聡四郎が大宮玄馬を宥めた。

大坂は堂島《どうじま》の米会所に代表される商いの都である。また、徳川《とくがわ》家が江戸に幕府を開くまでは、豊臣《とよとみ》の城下として天下を治めてきた。

そして、武家の経済が窮迫《きゅうはく》し、商人に金を借りてその場凌《しの》ぎをするようになって久しい。

なにせ参勤交代で大坂を通るほとんどの大名が、大坂の豪商、鴻池《こうのいけ》屋や越後《えちご》屋、淀《よど》屋などに立ち寄って、挨拶《あいさつ》をするのだ。それを目《ま》の当たりにしていれば、とても武家に尊敬の念など抱けるわけもない。

天下の城下町を江戸に奪われたという恨みもあって、大坂の町人は武家を金勘定もできない愚か者と馬鹿にしている。

「金がないのは首がないのと同じ。そう、言うそうだぞ」

妻紅《あかね》の実家は江戸で口入れ稼業を営む相模屋《さがみ》である。諸国から集まった人足から、いろいろな話が聞こえてくる。

「ぶ、無礼な」

大宮玄馬がより激怒した。

「だが、事実でもある」

小さく聡四郎が首を左右に振った。

聡四郎が最初に就いた役目は勘定吟味役《かんじょうぎんみやく》であった。徳川幕府の金の出入りすべてを管理し、金蔵の出納《すいとう》の許可も握るのが、勘定吟味役である。聡四郎はお役目を務めて、どれほど幕府に金がないか、どれだけ金が大切かを知った。

それまで勘定筋の旗本の四男でしかなく、算盤《そろばん》よりも剣術を好んだ聡四郎でも、金がなければものが買えないとはわかっていたが、その裏に経済という生きものが棲《す》んでいるとは知らなかった。

金は貯めるだけでは一人の得にしかならない。金は使うことにより、ものを作る職人に仕事が生まれ、売り買いを繰り返すことで商人に利が入り、新たな商売を始める。そうして人を雇用し、金が天下にまわっていく。

それを消費するだけの武家はわからなかった。金は使えばなくなる。とはいえ、武士はいざというときのために軍資金を用意しておかなければならない。この矛盾が、武士を経済から遠のけ、いつのまにか天下の金は商人のものとなっていた。

「それでも……」

「気にするな。これからいくらでも言われるだろうからな」

聡四郎がもう一度大宮玄馬を宥めた。

「さて、まずは宿を取ろう」

「大坂城代《じょうだい》さまのもとには……」

一昨日まで、京都所司代《しょしだい》屋敷の長屋に、聡四郎一行は寝泊まりをしていた。遠国《おんごく》勤務のものは、京都所司代、大坂城代の組屋敷を利用できる。

大宮玄馬が首をかしげた。

「出入りを見張られるのは、うるさい」

聡四郎が嫌そうに頬をゆがめた。

京都所司代松平《まつだいら》伊賀守忠周《いがのかみただちか》は、八代将軍吉宗《よしむね》の特命を受けて道中奉行副役《そえやく》などという新設の役目を肩書きにやって来た聡四郎を警戒し、その出入りを監視していた。

そのことで聡四郎の動きが外に漏れ、いろいろな面倒の原因となっていた。

「承知いたしましてございまする」

大宮玄馬が納得した。

「この辺りに宿屋が集まっているようでございまする」

船着き場からさほど離れていない辺りを見回した猪太が言った。

「そういえばそうだな」

聡四郎も気づいた。

「どこがよいかの」

今回の視察は、吉宗から世間を見てこいと言われてのものである。探索でも隠密でもない。身分を偽らなくてもいい。

いや、偽ったほうがややこしいことに繋《つな》がりかねなかった。

江戸でもそうだが、宿屋というのは町奉行所の支配を受けた。宿泊を求めに来た客に不審があれば、即座に報せる。

「浪人、水城聡四郎である」

などと身分を偽って泊まれば、ただちに町奉行所へ密告される。家士や従者を連れている浪人もいないわけではないが、まず少ない。

なにより、身につけているもの、所作《しょさ》、家士《かし》たちの態度から、主を持たない浪人か、主持ちの武士かはすぐにばれる。

武士が浪人だと偽って、大坂に入る。地方の藩士が身分を偽って、大坂の遊廓で遊ぶというのもあるが、それでも、なにかしでかすのではないかと疑われることにはなる。

「町奉行所の宿検《あらた》めである」

浪人と名乗っていれば、これを拒むことはできなかった。

「じつは、どこどこの家臣でござる」

その場で身分を明かしても、それならばと見逃してはくれない。少なくとも口にした大名の蔵屋敷へ照会が行き、そこで認めてもらってようやく放免となる。

まず一日は拘束される。

ましてや、聡四郎は旗本なのだ。旗本は天下の武士の模範とならなければならず、身分を偽るなど言語道断《ごんごどうだん》、すぐに大坂城代へ連絡が行き、江戸へ指示が仰がれる。そして目付《めつけ》が取り調べのために来るまで、大坂城代屋敷のなかに作られた座敷牢に閉じこめられる。

ただ、身分を明らかにするとなれば、相応の宿でなければならなくなる。どこでもいいというわけにはいかなかった。

「訊《き》いて参りまする」

傘助が走っていった。

「……お待たせをいたしましてございまする」

目に付いた旅籠に飛びこんで、旗本が泊まるのにふさわしい宿を問うた傘助が帰ってきた。

「もう少しお城に近い石町《こくまち》の多田《ただ》屋という旅籠が、この辺りではもっともよいところだそうでございまする」

「うむ。ご苦労であった」

聡四郎が認めた。

「こちらだそうで」

八軒屋は川に近いため、地面が低い。石町はそこから坂を登った辺りになる。詳しく道を聞いてきた傘助の案内で、一行は多田屋へと向かった。

多田屋は坂道を登りきった角地にあった。

「ごめん」

傘助が多田屋の前で掃除をしていた女中に声をかけた。

「へえ」

女中が手を止めて、応じた。

「旗本水城家のものでございますが、しばらく逗留《とうりゅう》いたしたく」

ていねいに傘助が問うた。

「お旗本さまのお泊まり……ちょっと待っておくれやす。番頭はん」

箒《ほうき》を手にしたまま、女中が店へ駆けこんだ。

「なんや、さわがしい。お泊まりのお客はんもいてはんねん。静かにしい」

初老の番頭が、女中を叱った。

「それどころやおまへんで。お旗本さまがうちに泊まりたいと」

「なんやて。どこにおいなはる」

「外に」

「あかんがな。なかへお入りいただき」

番頭があわてた。

「へ、へい」

女中が箒をまだ持ったままで、傘助のところに戻った。

「ど、どうぞ、おいでを」

「うむ」

女中の案内に、大宮玄馬が先乗りをした。

「お濯《すす》ぎを」

なかで待っていた番頭が、聡四郎たちの足を洗わせ、続けて二階の奥の間へと先導した。

「なにとぞ、こちらでおくつろぎを。すぐに主がご挨拶をさせていただきまする」

番頭が主を呼んでくると言って下がった。

「よき部屋だの」

上座に腰をおろした聡四郎が、部屋を見てうなずいた。

「風通しもよく、明るい部屋でございますな。二の間、三の間も付いておりまする」

部屋を確認した大宮玄馬が同意した。

「ごめんをくださいませ。当家の主でございまする」

廊下から声がかかった。

「開けてよいぞ」

「畏《おそ》れ入りまする」

聡四郎の許可に合わせ、痩身《そうしん》で初老の主が部屋へ入ってきた。

「本日は、ようこそのお見えでございまする。主の多田屋雀《じゃく》右衛門《えもん》でございまする」

「旗本水城聡四郎である。数日の滞在をいたしたい」

挨拶に応える形で、聡四郎が告げた。

「幾日でもご逗留いただければ、幸いでございますとも」

多田屋雀右衛門が頭を下げた。

「世話になる」

聡四郎が鷹揚《おうよう》に受けた。

「早速だが、主。大坂を知るにはいかがいたせばよい」

「なんともまた、難しいお申し付けでございまするな」

求めた聡四郎に、多田屋雀右衛門が首をかしげた。

「先ほど船を下りたところでな……」

聡四郎が、聞こえてきた悪口《あっこう》を多田屋雀右衛門に告げた。

「それは……その者たちに代わりまして、お詫びをいたしまする」

多田屋雀右衛門が詫びた。

「いや、おぬしに詫びてもらう筋合いではない。ただ、大坂とはなかなかに厳しいところだなと思うたのよ」

「さようでございますな。大坂はなかなかに厳しいところでございます」

聡四郎の感慨に、多田屋雀右衛門が同意した。

「大坂は商いの町と言われております。ものを買い、ものを売る。かと申しまして、そこに利を乗せるだけでは、やっていけませぬ」

「違うのか」

多田屋雀右衛門の話に聡四郎が怪訝な顔をした。

「買った値段に儲けを加えて売る。これだけならば、商人でなくともできまする。お武家さまでも百姓でも」

「なんと武家が商いをいたすか」

聡四郎が疑問を呈した。

「なさっておられましょう。国元から集まった年貢《ねんぐ》を大坂で売っておられる」

「あれも商いになるのか」

大名は集めた年貢のうちから自家消費するぶんを除いて、売っている。金に換えて、政《まつりごと》などに使うのだ。

「ただで手に入れた米を売る。あくどい商法でございますな」

「あくどいか」

「はい。ただで百姓から取りあげた米を売りつけるわけですから」

「……たしかにな」

ここにも反発があると聡四郎が苦笑した。

「そうでございますな。一度、堂島の米会所をご覧になられるのもよろしいかと」

思い出したとばかりに多田屋雀右衛門が述べた。

「うむ」

多田屋雀右衛門の勧めに聡四郎はうなずいた。

三

藤川義右衛門の前に利助が縛られた状態で連れてこられた。

「義父に対して、惨《むご》い扱いやないか、婿はん」

膝裏を蹴られて、無理矢理跪《ひざまず》かされた利助が、淡々とした声で藤川義右衛門を非難した。

「生かして捕らえずともよいと申したであろうに」

藤川義右衛門が利助を捕らえた鳥追い女姿の伊賀の抜忍に、苦情を言った。

「申しわけございませぬ。どうしても話しておきたいことがあると喚《わめ》きますので」

鳥追い女姿の配下が申しわけなさそうに告げた。

「どうせ、たいしたことでもなかろうに」

藤川義右衛門が利助を見た。

「金の話や」

利助が口を開いた。

「儂だけが知っている金の隠し場所がある。京にな。ざっと三千両はある」

「三千両……」

「それはっ」

金額に配下たちがどよめいた。

「取引や。その金のうち、五百両だけくれ。それで余生を静かに過ごすよって。もう、誰も儂には付いてけえへんやろ。負けたんや」

無頼の渡世ははっきりとしていた。強い者、金のある者に、人は集まり、より大きくなっていく。そして、負けた者からは、潮が引くように人はいなくなった。

「どこに隠してある」

「ここでは言われへん。案内するよって、京まで連れていってくれよ」

問うた藤川義右衛門に、利助が要求した。

「そうか。それは残念だ」

「へっ」

ため息を吐《つ》いた藤川義右衛門に、利助が驚いた。

「三千両は大金だが、京まで往復して、五百両引かれるようでは、さほどではない。縄張りでしっかり稼ぐほうが、大きい」

「なにを言うてんねん。三千両貯めようと思えば、どんだけ苦労せんならんか。十年はかかるで」

首を横に振った藤川義右衛門に、利助が翻意《ほんい》を促した。

「…………」

配下たちも莫大《ばくだい》な金額に、藤川義右衛門を期待の目で見つめた。

「京は、おまえの地元だ。そこへ帰すなど馬鹿のやること。どうにかして逃げ出そうと考えたのだろうが、三千両は盛りすぎたな」

「なにをっ」

藤川義右衛門の言葉に、利助が息を呑んだ。

「おまえが京を支配したのは、吾が手助けしてからだ。それまでは、京の三条《さんじょう》から五条《ごじょう》くらいを支配するだけだった。江戸へ出てきたのも、吾に付いてきただけ。品川を手に入れたが、それもついこの間だ。とても三千両という金を隠せるわけはない」

「………」

冷静に判断された利助が黙った。

「なんとかして逃げ出し、もう一度やりなおそうと考えたのだろう。それには京が最適だ。おまえの地元だからな。生き残りをかけた偽りには、敬意を表するが、少しばかり作りこみが甘かった」

「てめえ、拾ってやった恩も忘れやがって」

「無頼に恩などあるか。あるのは利害のみ。なにより、忍に温情を求めてどうするのだ。無頼も忍も同じ。どちらも世のなかからはみ出しているのだぞ」

藤川義右衛門が鼻であしらった。

「始末しろ」

「む、娘に父親を殺した男と責められるぞ」

命じた藤川義右衛門に、利助が最後の望みをかけて言った。

「責められればいいな」

藤川義右衛門が口の端を吊り上げた。

「まさか、おまえ、妻になった女を……」

「妻なんぞ迎えた覚えはない」

「きさまあああ」

「うるさい」

やれと配下に命じた藤川義右衛門が、利助の胸に蹴りを喰らわせた。

生木を無理矢理折ったような音がして、利助の顔が強張《こわば》った。

「始末しておけ」

「は、はい」

鳥追い女姿の配下が、顔色を悪くして首肯《しゅこう》した。

「笹助」

「これに」

利助から興味をなくした藤川義右衛門が、笹助を招いた。

「品川は預ける。うまくやれ。そうだな、薬師寺《やくしじ》」

「はい」

鳥追い女姿の配下が呼びかけに応えた。

「笹助を手伝え」

「承知」

藤川義右衛門の指図に、薬師寺と呼ばれた配下が首を縦に振った。

「代官が来る前に片を付けてこい」

「わかりましてござる。行くぞ、薬師寺。まずは死体を海へ捨てるぞ」

笹助が薬師寺を引き連れて、出ていった。

「よし」

うなずいた藤川義右衛門が、満足した。

「さて……」

藤川義右衛門が残った配下たちを見回した。

「これで闇として最大の敵はいなくなった」

江戸の裏側を支配する親分は、まだ多い。それぞれが縄張りを持ち、博打《ばくち》や岡場所などを取り仕切っている。だが、そのどれもがただの無頼であり、とても藤川義右衛門たちの敵とはなりえなかった。

「とりあえず、手に入れた縄張りを把握せねばならぬが……」

一気に縄張りを拡げた藤川義右衛門たちである。人手不足やそれを補うために信用のおけない手下たちを抱えるなど、無理が生じていた。

「水城はどういたしますので」

湯浅が問うた。

「しばらく、おまえに任せる」

「どのようにいたしても」

「かまわぬ。好きにしていい」

確認した湯浅に、藤川義右衛門が告げた。

入江無手斎《いりえむてさい》は、水城家の庭で伊賀の郷忍《さとしのび》、播磨麻兵衛《はりまおへえ》と稽古をしていた。

「そう来るか」

身体を回しながら、手裏剣を両手で投げつけてくる播磨麻兵衛に、入江無手斎が感心した。

「上下の高さを変えて撃たれては……」

「と言いながら、全部かわされておられますな」

面倒な技だと感心した入江無手斎に、播磨麻兵衛があきれた。

「いや、なかなか難しいぞ。目の前で投げてくれるならば、目配り、手首の角度などでどこを狙っているかはわかるが、回転されては、とても読みきれぬ」

最後の手裏剣を屈《かが》んでかわした入江無手斎が、手をあげて稽古の終了を告げた。

「かたじけのうござる」

播磨麻兵衛が一礼した。

「いや、こちらこそじゃ。よい経験をさせてもらった」

入江無手斎も礼を返した。

「…………」

「どうした、袖《そで》」

縁側に座って二人の稽古を見ていた袖に播磨麻兵衛が訊いた。

「お二人は、人でございまするか」

袖が唖然《あぜん》としていた。

「人でなければなんだと」

入江無手斎が尋ねた。

「鬼……」

「ずいぶんな言われようじゃ」

「まことに」

二人が顔を見合わせて苦笑した。

「わずか間合い三間《けん》（約五・四メートル）で、飛んでくる手裏剣をすべて避けるなど……」

「言われておられるぞ、入江どの」

首を横に振った紬に、播磨麻兵衛が笑った。

「……それに身体を回転させながら撃った十二本の手裏剣が、どれ一つとして外れなかった……」

「おぬしのようじゃぞ、麻兵衛どの」

勝ち誇った入江無手斎が、播磨麻兵衛を見た。

「お二人ともでございまする」

紬があきれた。

「無駄、無駄」

そこに紬《つむぎ》を抱いた紅が顔を出した。

「御師《おし》さまは鬼神であると旦那さまが昔から言ってたわ」

紅が続けた。

「その御師さまに対抗できるのだから、播磨さんもまともではないわね」

嘆息《たんそく》しながら、紅が縁側に座った。

「……あら、黒《くろ》、来てくれたの」

尻尾を振りながら近づいてきた黒が、紅の前でお座りをした。

「さすがは、黒じゃ」

「なにがだ」

感心する播磨麻兵衛に入江無手斎が不思議そうな顔をした。

「犬はその家でもっとも偉い人に従うとされている」

「なるほど。まさに、黒は慧眼《けいがん》じゃな」

播磨麻兵衛の話に入江無手斎がうなずいた。

「なにを言われますやら」

紅が眉をひそめた。

「見ものじゃの。いずれ聡四郎が帰ってきたとき、黒が尾を振るかどうか」

「賭けましょうぞ」

入江無手斎の皮肉に、播磨麻兵衛がのった。

「冗談はこれくらいにして……」

播磨麻兵衛が、表情を引き締めた。

「気配がなくなった」

「はい」

入江無手斎の言葉に、播磨麻兵衛が首を縦に振った。

播磨麻兵衛は、水城家の様子を見に来た初めての夜、なかを窺《うかが》う伊賀者の姿を追って、藤川義右衛門の隠れ家を見つけていた。

それ以降、播磨麻兵衛は藤川義右衛門の隠れ家に注意を向けていた。

「引きあげたということは……」

「ございますまい。ときどき、人の出入りがございますでな。もっとも、それらはただの無頼か浪人で、忍ではございませぬが」

播磨麻兵衛が首を横に振った。

「……なれど、当家の周囲に気配はない」

「ありませぬ」

入江無手斎の感覚に播磨麻兵衛も同意した。

「どこかへ出たか」

「気がつかず、申しわけございませぬ」

腕を組んだ入江無手斎に、播磨麻兵衛が詫びた。

「いや、おぬしの責任ではない。人手が足りなすぎるだけだ」

入江無手斎が首を横に振った。

「それに、二六時中見張っていれば、いくらおぬしでも気づかれよう」

「……畏《おそ》れ入りまする」

気配というのは殺せば殺すほど、違和感が出てくる。人はそこにいるだけで、息をし、身じろぎもする。それが周囲の空気を震わせ、気配となる。

少しの間ならば、気配を殺して、相手の目をごまかせる。しかし、それを続ければ、気配のない場所が生まれて、かえっておかしくなる。

人が見えていても気配がない。人がそこを通るとき、妙に落ち着かない。

忍がそれを見逃すはずはなく、一人で長時間同じ場所を見張るのは、ばれやすい。

「かといって黒では、話ができぬしの」

紅に撫《な》でられて、尾を振っている黒を入江無手斎が見た。

「もう一人、できれば二人、忍が欲しいところでございますが……」

「そう簡単に忍は雇えぬであろう」

播磨麻兵衛のため息に、入江無手斎が言った。

「実家に訊いてみる」

黒を撫でるのをやめて、紅が口を挟んだ。

「相模屋どのか。いかに江戸一番の口入れ屋とはいえ、そんなことを求められては、途方に暮れられるぞ」

入江無手斎が苦笑した。

「山路《やまじ》が来てくれればよいのですが」

「袖どのの父上であったか」

播磨麻兵衛の望みに、入江無手斎が問うた。

「さようでござる。体術では、並ぶ者なしと言われた忍でござる」

「昔のこと。今は身を退《ひ》いた、もと忍に過ぎませぬ」

播磨麻兵衛の賞賛を袖が否定した。

「袖、いけません。父上さまのことをそのように言っては」

紅が袖を叱った。

「父があり、母がおればこそ、あなたがここにいる。わたしは、そのことに感謝しているわ」

言葉遣いを柔らかくした紅が続けた。

「人は誰も歳を取るものよ。わたしだって、旦那さまだって、歳を重ねた。それは将軍さまでも防げない摂理。その摂理を馬鹿にしては駄目」

「申しわけございません」

諭《さと》された紬が頭を下げた。

「ふふふ、今は、それでいいわ」

納得していない紬に、紅が笑った。

「わたしだって、わからなかったもの。紬が生まれてくれたから……わたしは親というものになれた。いずれ、あなたも知るわ、親の気持ちを。あなたと玄馬さんの間に、子ができたときに」

「なっ、わたくしと大宮どのとの間に、子が……」

微笑みながら告げた紅に、紬がおたおたとした。

「男と女なのよ。一緒になったら子ができるの。今から楽しみよ。どんな子をあなたはこの世に呼ぶのかしら。きっと紬のよい幼なじみになってくれると思うの」

「奥方さま……」

紅の話に、袖が目を潤ませた。

「恐ろしい……」

播磨麻兵衛が呟いた。

「であろう。あれが奥方さまよ。ただのお俠《きやん》な町娘だったのだがなあ。命を、その身を狙われただけでなく、上様によって聡四郎の足かせとして使われた。そして竹姫《たけひめ》さまの哀しみを知った。それだけでもとてつもないことなのに、子を産まれた。とてもではないが、男では勝てぬ」

「殿さまでも」

感嘆する入江無手斎に、播磨麻兵衛が尋ねた。

「一番初めに軍門に降《くだ》ったのは、聡四郎じゃ。惚れられて、惚れた。そこで男は負けじゃ」

入江無手斎が苦笑した。

「それだけに、儂は怖いのよ」

「……怖いとは、誰がでございまする」

声を低くした入江無手斎に、播磨麻兵衛が首をかしげた。

「聡四郎じゃ。あやつは人の生き死にを見過ぎてきた。あやつなりに抗《あらが》ったおかげで、奥方も大宮玄馬も、紬も生きている。一つまちがえていたら、ここには誰もおらなかっただろう。それだけ聡四郎は、この風景を大事に思っている」

入江無手斎が答えた。

「もし、奥方さまになにかがあれば……」

「殿が壊れる……」

「壊れるだけならまだいい」

恐る恐る口にした播磨麻兵衛に、入江無手斎が首を左右に振った。

「鬼が生まれよう。浅山鬼伝斎《あさやまきでんさい》以上の……な」

入江無手斎が瞑目《めいもく》した。

四

八代将軍吉宗は、側近の御側御用取次《おそばごようとりつぎ》の加納遠江守久通《かのうとおとうみのかみひさみち》ではなく、小姓組頭《こしょうくみがしら》と話をしていた。

「奥右筆《おくゆうひつ》のもとへ行き、ここ二年以内に生まれた男子《おのこ》の記録を持ってまいれ。ああ、三千石以上の旗本から三万石ていどの譜代《ふだい》大名に限る」

「外様《とざま》はよろしゅうございますので」

「……どうするかの。すでに幕府も百二十年近い。今更、譜代も外様もないか。よかろう。ただし、外様は五万石までとする」

小姓組頭の確認に、吉宗は少し考えて、内容を変えた。

「はっ」

一礼した小姓組頭が御休息《ごきゅうそく》の間《ま》を出ていった。

「上様、なにをなさろうと」

加納遠江守が怪訝そうな顔をした。

吉宗がまだ紀州《きしゅう》藩二代当主光貞《みつさだ》の公子と認められず、城下で生活していたころからの側近が、加納遠江守である。

紀州藩主から八代将軍へと吉宗がなったとき、加納遠江守も旗本へと引きあげられ、新設された御側御用取次に任じられていた。

その加納遠江守ではなく、小姓組頭に吉宗は用を命じた。

加納遠江守が気にしたのは当然であった。

「一同、遠慮《ひと》いたせ」

吉宗が他人払いを命じた。

「…………」

二人きりになるまで、吉宗は黙った。

「……さて、もうよいな」

吉宗が肩の力を抜いた。

「そなたにさせては、外に漏れまい」

「当たり前でございましょう。上様のお側近くにある者は、御休息の間で見聞きしたことを親にも告げぬと誓書《せいしょ》を入れまする」

加納遠江守が述べた。

「それでは困るのよ」

吉宗が首を左右に振った。

「組頭を始め、先ほどまでここにいた者たち、そして奥右筆。そやつらならば、躬《み》がなぜ三歳ていどの子供に興味を持ったかわかるであろう。そう、紬の婿だ」

「わざと上様が紬さまの婿を探していると思わせた」

「ああ」

確認するような加納遠江守に、吉宗が認めた。

「そう気づいたあやつらがどうすると思う」

「…………」

「申せ」

将軍の側近くに仕える小姓、小納戸《こなんど》を疑うようなまねを、側近の第一たる御側御用取次がするわけにはいかないと、肯定も否定もしなかった加納遠江守に吉宗が命じた。

「……話すかと」

「ふん。言いようだな。金で売るとわかっておろうに」

絞り出すように言った加納遠江守に、吉宗があきれた。

「上様」

あまり厳しいことを口にしないで欲しいと加納遠江守が、目で願った。

「先日の吉良《きら》家のこと、覚えておろう」

「もちろんでございまする。愚かにも上様のお孫さまを攫《さら》って、吉良家再興の交渉をしようなど」

切り替えた吉宗の話に、加納遠江守が憤った。

「紬は、吾が血を引いておらぬ。名ばかりの孫である。ゆえに、あまり大げさな護りをしてやるわけにはいかぬ」

吉宗が嘆息した。

聡四郎の娘紬は、母親の紅が吉宗の養女であるため、一応形式的には将軍の孫になる。だからといって、大奥へ迎えるわけにもいかないし、警固《けいご》の番方《ばんかた》を派遣するわけにもいかない。そのようなまねをすれば、紬は吉宗唯一の孫としての待遇を受けたことになり、より一層の面倒が舞いこむことになる。

「だからと申して、今から紬は躬の孫にあらずとは言えぬ」

生まれたばかりの紬が紅に抱かれて目通りをしたときに、吉宗は吾が孫であると天下に宣言してしまっている。

将軍は一度口にしたことを反故《ほご》にしてはならない。それをすれば、政に信がおかれなくなり、天下が乱れる原因になってしまう。

「なれば、火傷《やけど》をさせてやろうと思っての」

「火傷を……」

加納遠江守が困惑した。

「羹《あつもの》に懲《こ》りて膾《なます》を吹くと申すであろう。紬に手を出した者が、手痛い目に遭う。それが幾度か繰り返されれば、誰も手を出さなくなる」

「上様、紬さまを囮《おとり》になさるおつもりでございまするか」

吉宗の言葉に加納遠江守が驚愕した。

「声が大きいわ」

大声を出した加納遠江守を吉宗が窘《たしな》めた。

「囮には違いないが、十全な警固を敷く。源左《げんざ》」

「はっ」

天井を見上げた吉宗に応じて御庭之者《おにわのもの》、村垣源左衛門《むらがきげんざえもん》が返事をした。

「三人交代で紬の警固《けいご》をいたせ」

「承知いたしましてございまするが、三人となりまするといささか」

村垣源左衛門が困惑した。

「手間がかかるか」

「申しわけもございませぬ」

苦い顔をした吉宗に村垣源左衛門が謝罪した。

「いや、人手を増やせぬ躬が悪い」

吉宗が詫びずともよいと否定した。

御庭之者は、吉宗が紀州から将軍となるときに連れてきた信頼の置ける者である。

そのほとんどが紀州藩主の本陣で当主が使う鉄炮に玉をこめる玉込め役、つまり戦場での近習《きんじゅう》の出であり、根来《ねごろ》忍の流れを汲《く》んでいた。

忍として優秀で、そしてなにより吉宗の信頼を受ける。さすがに、そうなるとそうそうはおらず、いまだ十分な人員の補充ができていなかった。

「何日あればいい」

「関八州へ遠国御用に出ておりまする者を呼び戻しまする。五日、いえ、三日いただければ」

問うた吉宗に、村垣源左衛門が答えた。

「ならば、十分である。無理急ぎはするな。十全の用意をいたせ。失敗は許さぬ」

「はっ」

厳しい指図をした吉宗に、村垣源左衛門が承諾した。


吉宗の予想は半分外れていた。小姓組頭はもちろん、小姓、小納戸の誰もが、吉宗の命を他言しなかった。

当たった半分は、奥右筆であった。

奥右筆は江戸城内の書付《かきつけ》を支配する。大名家からの届け出、老中の指示、勘定方の記録、そのすべては奥右筆の手を経なければ、効力を発しない。

老中たちに政の実権を奪われていた幕府を取り返すため、五代将軍となった綱吉《つなよし》が創設した奥右筆だったが、三代の将軍の御世《みよ》をすごす間に、本来の意味を失っていた。

「何卒《なにとぞ》、お認《したた》めいただきたく」

「わたくしめの書付を、ご老中さまへ」

奥右筆を使えば、要望が叶《かな》えられやすくなると気づいた大名や旗本が、賄賂《まいない》を贈るようになった。

とくに家督《かとく》相続を求める大名は必死になる。四代将軍家綱《いえつな》のとき大政参与であった保科肥後守正之《ほしなひごのかみまさゆき》によって末期《まつご》養子の禁は緩和《かんわ》されたとはいえ、絶対ではない。跡継ぎを決めていなかったために、取り潰されたり、転封《てんぽう》されたり、減封《げんぽう》された大名の数は五十ではきかないのだ。

一日でも半日でも早く奥右筆の筆が欲しい者によって、奥右筆は長崎《ながさき》奉行に次ぐ余得を誇るようになった。

「上様が、大名、高禄旗本たちに子供のあるなしを書き出せと仰せか。紬さまの婿探しよな」

世慣れている奥右筆はすぐに気づいた。

「しかし、三歳の届け出などほとんどない」

奥右筆が戸惑った。

大名や旗本は子供が生まれたからといって、すぐに届けを出さなかった。

その子供が無事に育つかどうかわからないからだ。七歳までは神のうち、つまり七歳を迎えるまでは、まだ地上の者ではなく、神の掌《て》にあり、いつ召し返されてもしかたがないという言い回しがあるほど、幼児《おさなご》の命は儚《はかな》い。

幕府へ子供ができましたと届けて、死なれたら検死を受けいれなければならなかったり、御家騒動で殺されたのではなかろうなという目付の疑いの目にさらされたりする。

そうなっては面倒なので、大名や旗本は子供が生まれても七歳になるまで、届け出をしないことが多かった。

これが通るのは、大名家の跡継ぎが生まれたかどうかなど、将軍や老中にとってどうでもいいからであった。

いざ家督相続が起こったときに、届けが出ているかどうかが問題になる。それまでは、奥右筆部屋で届け出は眠っている。

「三歳……」

奥右筆が記録を引っ張り出してきた。

「ない、ない」

吉宗が指定した範囲に入る大名、旗本は多い。二百近い家の記録を繙《ひもと》くだけでも、かなりの手間になる。少し調べたていどでは、該当者は見つけられなかった。

「出させたほうが早いの」

奥右筆は多忙を極める。過去の書付にかかりきるわけにはいかないが、将軍の命令とあればしなければならない。ならば、あらためて出させればすむ。

「帝鑑《ていかん》の間、柳《やなぎ》の間、雁《かり》の間、菊《きく》の間に通告するか」

奥右筆が立ちあがった。

江戸城中には大名の控える場所があった。

御三家、越前《えちぜん》松平家、加賀前田《かがまえだ》家など、将軍と近しい大大名の大廊下から、一万石の小名が詰める雁の間、菊の間まで身分と石高《こくだか》によって、いくつかに分かれている。

そのうち、吉宗が指定した範囲に入るのは、古来譜代の間と呼ばれる帝鑑の間、五位の外様大名に与えられる柳の間、そして雁の間、菊の間がお取り立て譜代と言われる三河《みかわ》以降徳川家に仕えた大名たちの間であった。

「上様より、当歳から三歳までの男子《おのこ》を持つ者は、届け出よとのご内意である」

将軍家の要求を伝える立場として、奥右筆が尊大な態度で告げた。

「畏れ入りまするが、どのような理由で」

七歳までは出さなくてもいいという慣例を無視した吉宗の要求に、大名たちが戸惑った。

「わからぬ。上様のお考えである」

それだけを言い残して、奥右筆が立ち去った。

「……お待ちを」

すぐに奥右筆の後を追った大名がいた。

「これは播磨守《はりまのかみ》さま」

将軍代行としての立場は終わっている。奥右筆が腰を低くして応対した。

「三歳以下、いや、赤子まで届け出よというのは、初めてでございますな」

奥右筆の権は大きい。尊大な口を利いて嫌われては大事になりかねない。松平《まつだいら》播磨守がていねいな言葉で確認した。

「わたくしが知る限りでは、初めてでございまする」

奥右筆がうなずいた。

「男子だけでよろしいのでございますな」

「はい」

そもそも幕府は大名家の娘に興味を持っていない。将軍の正室《せいしつ》は、宮家あるいは内親王《ないしんのう》という定義がある。百万石の姫であろうが、御三家の姫であろうが、将軍の正室にはなれなかった。

「なぜでござろう」

「はて」

播磨守の問いかけに、奥右筆が首をかしげた。

「……そういえば、貴殿は茶の湯をお好みだとか」

不意に播磨守が話を変えた。

「分不相応《ぶんふそうおう》とは存じておりますが、いささかたしなみまする」

奥右筆が認めた。

「じつは、中屋敷に茶室を作りましてな」

「それは……茶人として知られておられる播磨守さまのお茶室とあれば、さぞかしお見事なものでございましょう」

聞いた奥右筆が興奮して見せた。

「お誘い申そう。銘品を準備いたしておきますゆえ」

土産も用意しておくと播磨守が、暗に告げた。

「おおっ、それはありがたいことでございまする」

「……………」

礼を言った奥右筆を、播磨守が無言で見た。

「孫はかわいいと申しまする」

奥右筆が独《ひと》り言《ごと》のように呟いた。

「三日後の夕刻、お待ちしておりますぞ」

奥右筆は多忙で休みがほとんどない。しかし、下城時刻は七つ（午後四時ごろ）である。それで帰れるわけはなく仕事はあるが、定刻での下城を咎《とが》められることはなかった。

「お邪魔させていただきまする」

播磨守の誘いに、奥右筆が首肯した。

第二章　西静東騒

一

大坂城代は大坂城の守衛と西国《さいごく》大名の監視を任とする。与力《よりき》三十騎、同心《どうしん》百人が付随する他、城中西の丸に屋敷を与えられ、多くの家臣たちを引き連れて赴任《ふにん》した。

徳川家康《いえやす》が豊臣秀頼《ひでより》を大坂に滅ぼして以来、豊臣秀吉《ひでよし》の建てた大坂城を完全に破《は》却《きやく》、その上に広大な城を置き、西国大名への押さえとしたという経緯《いきさつ》もあり、大坂城代には万一のときにすばやい軍事行動を起こせるよう、周辺の大名へ出兵を命じる将軍直筆の委任状が預けられている。

それだけ重要な役目として見られており、副城代格として数万石の譜代大名が二人、補佐として付けられていた。

「殿」

大坂城代安藤対馬守信友《あんどうつしまのかみのぶとも》のもとへ、用人《ようにん》が伺候《しこう》した。

「いかがいたした」

「京都所司代松平伊賀守さまより、急の書状でございまする」

「伊賀守どのから……見せよ」

安藤対馬守が用人から書状を受け取った。

「……上様の娘婿、ああ、あやつか。道中奉行副役……またみょうな役目を」

書状を読みながら安藤対馬守がため息を吐いた。

「お伺《うかが》いしても……」

読み終えた安藤対馬守に用人が問うた。

「……ということらしい」

「はて」

安藤対馬守に要点を教えられた用人が、怪訝な顔をした。

「それを伊賀守さまがお報せくださった……」

「妙だの」

安藤対馬守も首をかしげた。

京都所司代松平伊賀守も大坂城代安藤対馬守も、吉宗が将軍となってから要職に任じられた。

いわば、二人とも吉宗の信頼厚い譜代大名である。と同時に老中を狙う好敵手同士であった。

老中は幕政最高の役目であり、その権力は大きい。そのうえ、老中になれば封地《ほうち》を、物なりがよく、交通の要路にある地へ加封《かほう》されるのが常であった。

それだけに老中になりたいという者は多い。とはいえ、誰でもなれるというものではなく、京都所司代、大坂城代、若年寄《わかどしより》から選ばれるのが通例であった。

もっとも、老中は定員が五名とされており、空きが出るまで待たなければならなかった。

また、京都所司代、大坂城代、若年寄だからといって、かならず老中になれるとは限らない。そのうえ、昨今、若年寄からの抜擢は減っている。実質、空きが出たときに、その座を争うのは、京都所司代、大坂城代の二人であった。

「左内《さない》、城中長屋への滞在届けは出ておるか」

「しばし、お待ちを」

左内と呼ばれた用人が、一度御前を下がった。

「……出てはおりませぬ」

「まだ大坂まで来ておらぬ……ということはないな。伊賀守どのから報せが来るくらいだ」

戻ってきて復命した左内に、安藤対馬守が難しい顔をした。

「どこか町屋に宿を取ったのではございませぬか」

左内が言った。

「金がかかるであろうに」

安藤対馬守があきれた。

「京都ではいかがであったと書かれておりましょう」

訊《き》いた左内に安藤対馬守が書状を手渡した。

「見よ」

「拝見……」

一礼して、左内が書状を読んだ。

「かなり詳しく、水城さまの行動が記されておりまするな。ここまでとなると、京都所司代さまのお目の届くところで起居《ききょ》していたと考えるべきかも……」

「おそらく、京都所司代役屋敷の長屋であろう」

左内の読みを安藤対馬守も認めた。

「それが大坂では、こちらへ来ず、町屋に」

「ふん、よほど伊賀守どのがうるさかったのだろう。あやつは細かいからの」

安藤対馬守が鼻で笑った。

「京では、公家《くげ》と交流しておりますな。清閑寺《せいかんじ》権《ごんの》大納言《だいなごん》さまのお屋敷を訪れている」

「当然だろう。この水城というのは、先日まで大奥を差配する御広敷《おひろしき》用人を務めていた。竹姫さま付きだったという」

奏者番《そうしゃばん》兼寺社奉行として、つい先日まで江戸にいた安藤対馬守は、江戸でのことに詳しかった。

「清閑寺権大納言さまは竹姫さまのご実家でございますな」

「そうじゃ。竹姫さま付きの御広敷用人だった者が、訪れても不思議ではない」

確認した左内に安藤対馬守がうなずいた。

「それ以外は……京をうろついただけ、さほどのことはしていない」

左内が書状を閉じた。

「信用できぬ」

安藤対馬守が首を横に振った。

「そのていどのことしかせぬようならば、わざわざ報せてくる意味はなかろう」

「では、まだ他に何かがあると」

「ある」

質問した左内に安藤対馬守が断言した。

「誰《たれ》ぞ、出しましょうか」

「……そうよな。誰ぞ、心きいたる者に京で水城がなにをしていたのかを調べさせるべきか」

安藤対馬守が左内の提案を考えた。

「では、早速……」

「待て、そう逸《はや》るな。目立つ」

「調べには、いささか日にちが要りまするが」

手遅れになるのではないかと左内が危惧《きぐ》した。

「かまわぬ。準備不足で伊賀守に知られるよりはましだろう」

手間がかかると言った左内に、安藤対馬守が述べた。

「まず、水城がどこにおるか探せ」

「挨拶に来るのではございませぬか」

命じた安藤対馬守に左内が首をかしげた。

「来るだろうが、いつ来るかはわからぬ。それまでに、なにをするのかが不安である」

老中になるには、好敵手を蹴落とすことも大事だが、なによりも己に失策がないことが重要であった。

「伊賀守は、なんぞ失敗をしたのだろう。だからこそ、余《よ》も巻きこもうとしておる。余が焦って、要らぬ動きを見せるのを期待しているのだ」

安藤対馬守が憎々しげに吐き捨てた。

「水城さまを見つけたときは、いかがいたせば」

「そうよの。探していたと知れるのもおかしいしな。どこへ行くか、なにをするか、誰と会ったかを確認するに留《とど》めておけ。決して、こちらから接触しようとするな」

「承知いたしましてございまする」

左内が手配のために安藤対馬守の前から下がっていった。

「道中奉行副役だと。道中奉行自体が、すでに有名無実な役目ではないか。大目付《おおめつけ》が兼任する一人、勘定奉行が兼任する一人のあわせて二人しかおらぬうえ、配下たる道中方は勘定組頭が兼務していたはず」

一人になった安藤対馬守が戸惑いを口にした。

「かつて道中が荒れ果て、賊が出たころならばまだしも、用がないからこそ、兼務になっているし、配下もおらぬに等しい。今さら道中奉行副役なぞ……」

安藤対馬守が首をひねった。

「上様のお考えとあれば、無駄はないはず。京都所司代たる伊賀守も気にしていた。となれば、警戒するのが吉《きち》である」

ようやく安藤対馬守が思案をまとめた。


堂島の米会所は、聡四郎たちが泊まっている石町の北西、川を渡った対岸に位置している。

「どうやって行けばよい」

一夜明けた翌朝、聡四郎が多田屋雀右衛門に尋ねた。

「八軒屋から渡し船が出てますし、もう少し下った北浜《きたはま》で天満宮《てんまんぐう》はんへの参詣《さんけい》渡しに乗られるのもよろしいかと存じまする。ああ、もちろん橋は架かっております。天《てん》神《じん》橋という立派なもんが」

「天満宮は聞いたことがあるの」

ふと聡四郎が思い出した。

「天満の天神さんと、大坂では慕われておりまする」

多田屋雀右衛門が続けた。

「そこから堂島の米会所へはそんなに遠くはおまへん。お参りをなさったあと、西へ真っ直ぐ行かはったら蔵屋敷が一杯見えてきますよってに、すぐおわかりになるかと」

「ふむ。それがよさそうじゃ」

「はい。そういたしましょう」

うなずいた聡四郎に、大宮玄馬も同意した。

道中奉行副役はなにもしなくていい。とりあえず世間を見てこいと吉宗に言われた聡四郎は、東海道から京、そして大坂へとやって来た。

大坂へ来たのも京のついでといった感じで、なにかしらの目的を持っていたわけではない。京だとまだ竹姫の一件や、なんども襲い来た京の刺客を調べるなどすることも思いついたが、大坂ではまったくなにもないのだ。

だからといって、一日宿で寝ているわけにもいかず、とりあえず物見遊山《ものみゆさん》のまねごとでもするしかなかった。

「ほな、行きまひょうか」

案内するという多田屋雀右衛門に先導された聡四郎たちは坂を下り、川沿いを左へと進んだ。

「あれが……天神橋か」

すぐに天神橋が見えてきた。

「両国橋とよく似ておりまするな」

聡四郎と大宮玄馬が歓声をあげた。

「大坂は八百八橋と言われるほど、川の多いとこでおましてな。そのなかでも、天神橋は、天満橋、難波《なにわ》橋と並んで、浪華《なにわ》三大橋と言われるほど、立派なものでおます」

誇らしげに多田屋雀右衛門が述べた。

「三大橋……あれが天満橋であろう」

振り向いた聡四郎が、少し離れたところに架かっている橋を指さした。

「残りの難波橋というのはどこだ」

「もっと下流でございますわ。天神橋の上からやったら、見えますわ」

問うた聡四郎に多田屋雀右衛門が答えた。

「多田屋どの」

大宮玄馬が声を出した。

「なんでおます」

「対岸のあれはなんでござろうか」

促した多田屋雀右衛門に、大宮玄馬が川を挟んだ対岸を指さした。

「ああ、あれは青物《あおもの》市場で」

「青物市場……賑《にぎ》わっておるの」

聡四郎も興味を見せた。

「大川《おおかわ》の上には大根で有名な守口とか、門真《かどま》の蓮《はす》とか、名物の地の物がおます。船やったら、すぐに運べますやろう」

「なるほどな。川が多い大坂では水運が主なのだな」

「さようで」

聡四郎の納得に、多田屋雀右衛門がうなずいた。

「というても門真の蓮は、つい先年からです。門真にええ蓮根《れんこん》があるという評判は、かなり前からおましてんけどな、なかなか天満の青物市場には来まへんでしてん」

「評判がよくてか。運搬手段には問題がない。となれば、腐りやすいとか」

「根菜でっせ。一日や二日で傷《いた》みはしまへん」

聡四郎の答えを多田屋雀右衛門が否定した。

「違うか。となれば値段が合わぬのか」

商売は売り主の値と買い主の値が一致しなければ成りたたない。市場が呈示する金額では安すぎる、あるいは品物を納める百姓たちの求める値段が高すぎるといった不一致が原因ではないかと聡四郎が言った。

「それも違いますわ。まあこれは、お江戸の方にはなかなかおわかりになりにくい、大坂商人の験担《げんかつ》ぎですよってに」

「験担ぎとはなんだ」

聞き慣れない言葉に聡四郎が首をかしげた。

「江戸では縁起担ぎと言いますか」

「ああ、それならわかる。だが、蓮根のどこを担げば縁起がよくなると」

意味がわからないと聡四郎が首を横に振った。

「蓮根はご存じで」

「ああ、そうそう食べるわけではないが、屋敷でも煮物などに入っておる」

代々勘定筋である水城家は、勘定組頭を輩出したおかげで、内証《ないしょう》は裕福であった。夕餉《ゆうげ》や朝餉に煮物が付くのは当たり前であった。

「穴が開いてますやろ」

「開いているな」

多田屋雀右衛門の確認に聡四郎がうなずいた。

「あれが問題ですわ。大坂は商いの町でおますよって、商いに穴が開くと蓮根を嫌いまして……」

「なるほどの」

聡四郎が理解した。

「では、それが出てくるようになったのは、なぜでござる」

大宮玄馬が疑問を口にした。

「あくまでも噂でおますけどな、蓮根が売れなくて困った門真荘の百姓が、お寺の和尚さんに相談したら、穴が開いてるなら、先が見えるではないかと」

「先が見える……」

聡四郎が戸惑った。

「相場ですわ。相場は上がるか下がるかで、大儲けもできるけど、大損もします。

先、未来を見通せたら、相場はどうなります」

「儲けられるな」

尋ねるような多田屋雀右衛門に聡四郎が告げた。

「ということで、堂島の相場にかかわるお人の間で、蓮根が人気になりまして」

「なかなかおもしろい理由だ」

多田屋雀右衛門の説明に聡四郎が笑った。

「実際に蓮根を食べたら相場が読めるわけやおまへんけど、明日に賭けるわけですよって、どんな益体《やくたい》もないことでも頼りたくなりますで」

「財産を失うとあれば、必死になるのも当然か」

笑うことではないと釘を刺した多田屋雀右衛門に、聡四郎は応じた。

「渡りまっせ」

話している間に、天神橋まで一行は来ていた。

二

品川を笹助に任せた藤川義右衛門は、紬を誘拐する策の準備に入った。

「吉宗と水城を苦しめねばならぬ」

「おう」

藤川義右衛門の言葉に、伊賀の抜忍たちが同意の声をあげた。

伊賀の郷忍は、聡四郎と大宮玄馬によって仲間を殺されたことへの復讐心《ふくしゅうしん》があり、江戸の御広敷伊賀者からはぐれた者たちは、紀州から独自の隠密を連れてきて伊賀者から探索御用を取りあげた吉宗に恨みがあった。

「そのどちらにも痛手《いたで》を与えられるのは、吉宗の孫で水城の娘だけだ」

藤川義右衛門が目標を述べた。

「殺すのでござるな」

湯浅が目を輝かせた。

「いや」

「なぜでござる。憎き者の血筋など殺して当然」

首を左右に振った藤川義右衛門に湯浅が嚙みついた。

「殺すのはまずい。子供を殺せば、吉宗がやっきになるぞ。まだ、我らには幕府に対抗するだけの力はない」

「な、なれど、死んでいった者たちの恨みを晴らすには……」

伊賀の郷忍の出である湯浅が食い下がった。

「それはする。だが、それに囚《とら》われるなと前にも申したはずだ。我らは死人ではない。我らは生きているし、未来《さき》もある。これから子をなし、家を継がせていく。そうであろう」

「でござる」

江戸の伊賀者は貧しい。その伊賀者に見切りをつけた御広敷伊賀者出身の抜忍たちが、首肯《しゅこう》した。

「では、子供をどうする」

「かすめ取って、我らの手元に置く」

「手元に……」

呑みこめていない湯浅が怪訝な顔をした。

「人質だ。あの赤子《あかご》が我らの手にある限り、吉宗は手出しができぬ。そして、水城は我らに逆らえぬ」

「なるほど」

湯浅が理解した。

「吉宗が我らに屈したとあれば、御広敷伊賀者を含めた伊賀組も目を覚ますであろう。伊賀こそ忍の頂点であると気づき、力を合わせれば、庭之者など敵ではない」

「おおう」

江戸出身の者たちが感嘆の声をあげた。

「そして護りを失った吉宗を殺す。いや、その前に御三家のどこかと手を組まねばならぬの。次の将軍にしてくれるゆえ、我らに手出しをするなと。表の江戸はくれてやるが、裏の江戸は我らのものだとな」

「赤子をそのための道具とするか。さすがは頭領だ」

湯浅が感心した。

「わかったならば、赤子を殺すなよ」

「承知。他の者たちは」

「殺せ」

問うた湯浅に、藤川義右衛門が冷たく宣した。

「あの鬼のような爺も一人では、我らに勝てまい」

「たしかにそうだが、犠牲は出るぞ。我らでも二人、いや、三人はやられよう」

入江無手斎の恐ろしさは、身に染みている。

「ならば、まずは無頼《ぶらい》どもを使おう」

藤川義右衛門が思いついた。

「たいして役にも立ってない連中だ。あのていどならば、二十や三十でも、惜しくもない。まずはあやつらに屋敷へ押し入らせよう。そして、そちらに手を取られている間に、我らで残りを片付ける。いくらあの爺が遣えても、それだけの数を素早く片付けて、我らの相手まではできまい」

「確かに」

「見事な」

藤川義右衛門の案に一同が首を縦に振った。

「無頼どもは闇では役に立たぬ。明日の昼が本番じゃ」

一同に藤川義右衛門が告げた。

無頼というのは、人を脅し、恐怖に陥《おとしい》れることで支配する。当然、あるていど武器が使えるか、力が強いか、あるいは躊躇《ちゅうちょ》なく他人を襲える狂気を持っているのであった。

「明日、旗本屋敷を襲え」

藤川義右衛門は縄張りの無頼たちを、賭場の一つ、両国の無住《むじゅうじ》寺に集めて命じた。

「旗本屋敷を襲う……そいつは無茶だ」

無頼のなかから反対の声があがった。

「そんなまねをしたら、町奉行所が黙っちゃいねえし、捕まれば死罪だ」

無頼にとって町奉行所ほど恐ろしいところはない。そして、幕府は旗本屋敷を無頼が襲うなどというまねを許すはずもなく、徹底的に追い詰められる。それこそ江戸から離れるだけではなく、人相書《にんそうがき》が回ろうとも大丈夫な、山奥にでも逃げこまなければならなくなった。

「今、死ぬか」

文句を言う無頼に、藤川義右衛門が殺気をぶつけた。

「……ひえっ」

殺気をぶつけられた無頼が、腰を抜かした。

「親分よ」

黙っていた浪人が口を開いた。

「なんだ」

「旗本屋敷を襲うのはいい。どうせ、まともには生きていけない身だからな。やれというならやる。しかしだ、さほどの値打ちもない命だが、懸けるとなれば、相応の褒美《ほうび》が欲しい。襲って生きて帰ったら、なにをくれる」

浪人が褒賞を要求した。

「働いたぶんを寄こせというならば、金一分《ぶ》だな」

「一分とは、少ないぞ」

一両の四分の一しか出さないと言った藤川義右衛門に、浪人があきれた。

「安いか。おまえたちの値打ちなど、そのていどもないだろう。一分を一日で稼げる人足はいない。大工でも独り立ちできるだけの腕でもなければ、もらえぬ。おまえたちにそれだけの価値があるのか、穀潰《ごくつぶ》しども」

「むっ」

「いくら親分でも……」

浪人と無頼が怒った。

「今のおまえたちの値打ちは、このていどだ。違うというならば、どれだけできるのか、見せよ。働きに応じて金はくれてやる」

「働きに応じて……」

藤川義右衛門の話に、怒気《どき》が治まった。

「吾が認めるほどの働きをした者……そうよな。旗本屋敷にいる爺を殺した者には、百両だ」

「ひ、百両……」

「大金だ……」

呈示された金額に、一同が目を剝《む》いた。

「他の家人は一人につき十両。といっても女と小者ばかりだ」

「女でも十両とは豪儀《ごうぎ》だ」

苦情を言っていた浪人が感心した。

「ああ、一つ言い忘れていたが、これは一度限りじゃない。毎月の手当として同額をくれてやる」

「…………」

「えっ」

藤川義右衛門が付け加えた条件に、一同が啞然とした。

「ま、待て、待ってくれ、親分」

浪人が表情を引きつらせた。

「百両とは、一回限りではないのか」

「遣える者には、相応の待遇をする。それが、吾のやり方だ。気に入らぬならば、出ていけ」

確認してきた浪人に、藤川義右衛門が答えた。

「冗談ではないのだな」

浪人が音をたてて唾を呑みこんだ。

「ただし、遣えぬ者には、一日一分もやらぬ。一日二百文《もん》だな」

一日一分だと、月に七両二分になる。それが二百文だと月に一両ほどにしかならない。

一月《ひとつき》一両あれば生きていける。これは真面目な生活を送る庶民の場合である。食費と家賃を考え、酒は月に何度かの楽しみにし、遊廓へ行くのは何カ月かに一度の贅沢《ぜいたく》、そう我慢をすれば一両で生活はできる。

だが、我慢できる者が無頼になるはずはない。朔日《ついたち》に一両渡せば、その足で遊廓や岡場所へ入り浸り、三日も保《も》たずに使い果たす。あとは、適当にその辺の奴を脅して金を出させたり、喰い逃げをして、月末まで過ごすことになる。

「念のために言うが、吾の縄張りで馬鹿をした奴は……」

庶民から金を取れば、まちがいなく町奉行所に訴えが行く。町奉行所としては、訴えを見過ごすことはできない。江戸の治安は、町奉行所の役目であり、町奉行の責任なのだ。

万一、火付盗賊改方にでも手柄を奪われたら、町奉行は老中から厳しい叱責《しっせき》を受けることになる。

とはいえ、これは馬鹿をした無頼の自業自得《じごうじとく》とも言える。問題は、馬鹿が縄張りで続出すれば、町奉行所の手入れがあることだ。

寺社や武家屋敷には町奉行所の手は入らないと油断していると、寺社奉行や目付と話を付けてくる。

まだ町奉行所と正面を切って戦うだけの力を持っていない、いや、闇は永遠に表の権力には勝てないが、それから護ってくれる強力な後ろ盾を得ていない藤川義右衛門にとって、今はまずい。

「…………」

無頼たちが凄《すご》む藤川義右衛門に黙った。

「わかったならば、散れ。明日は三々五々、本郷御弓町《ほんごうおゆみちょう》の水城屋敷へ向かえ。刻限は昼八つ半（午後三時ごろ）だ。遅れた奴は、二度と吾の前に姿を見せるな」

「承知した」

「合点《がってん》」

褒美に目のくらんだ浪人と無頼が、藤川義右衛門の指図に応じた。

天神橋を渡った先に拡がる天神社にお参りをすませ、聡四郎たちは昼餉を摂《と》ることにした。

「おもしろいものを召しあがっていただきまひょ」

多田屋雀右衛門が笑いながら、聡四郎たちを天神社近くの茶店へと連れていった。

「親爺はん、江戸からのお客はんや、腕によりかけてや」

「へい」

顔見知りらしい多田屋雀右衛門の注文に親爺がうなずいた。

「この匂いは……」

「酢でございますな」

店に入ったときから、茶店に染みついた匂いを二人は感じていた。

「お待っとさんで」

すぐに飯が出てきた。

「……これは」

酢の匂いのする飯のうえに、生魚が載せられている。聡四郎が困惑した。

「まあ、言い伝えでっさかいな、正しいかどうかはわかりまへんが、五代将軍さまのころに大坂の医者が夏でも腐りにくい飯をと考えて作った酢飯で」

「上に載っているのは、生の魚ではないか」

多田屋雀右衛門の説明に、聡四郎が嫌そうな顔をした。

江戸では魚をよく喰うが、それでも生では口にしない。日本橋《にほんばし》の魚市場から、本郷辺りまで行商の魚屋が来る。しかし、途中で得意先を回りながらだと、本郷にいたるころには、昼を過ぎてしまう。となれば、魚は傷む。喰えないほどではないが、焼くなり煮るなりしなければ、中《あた》る。

海辺の品川宿辺りに出向けば、釣りたての魚を出すところもあるが、それでも万一を考えて、酒に浸していた。

「川下に雑喉場《ざこば》という魚市場がございまして、今朝獲れたての魚を、生け簀《いす》船で運んで参りますので、新しいでっせ。それに魚も酢で締めてますし」

そう言うと、多田屋雀右衛門が最初に箸を付けた。

武家と一緒に食事をするだけでも無礼であるのに、先に箸を付けるなど論外であった。なれど、今回は腰の引けている聡四郎たちを促すためとわかっている。

「…………」

聡四郎は多田屋雀右衛門の無礼を咎《とが》めず、じっと食べる様子を見ていた。

「……なかなかいけまっせ」

口のなかのものを呑みこんだ多田屋雀右衛門が笑った。

「わたくしが……御免」

決死の形相《ぎょうそう》で大宮玄馬が箸を取った。

「……どうだ」

聡四郎が尋ねた。

「慣れぬせいでしょうか。うまいとは言えませぬが、おかしな感じはいたしませぬ」

大宮玄馬が感想を口にした。

「……どれ」

思いきって聡四郎も飯を口に入れた。

「……酸《す》いが、喰えぬほどではない。魚はよいな。酢で生臭さがなくなっている」

聡四郎が感心した。

「それはよろしい。郷に入れば郷のものを食べていただかんと」

多田屋雀右衛門が満足そうに言った。

「これはなんという食いものだ」

「この飯を思いついたお医者はんの名前をとって、松本飯《まつもとめし》と申しております」

訊かれた店の親爺が答えた。

「松本飯か……江戸でも流行《はや》るかの」

「どうですやろ。お江戸と上方《かみがた》では、いろいろ違いますよって。この酢の飯、酢でわかりにくうなってますけどな、炊くときに昆布を入れてますねん。そうやな、親爺」

「その通りで」

面白そうな様子の聡四郎に多田屋雀右衛門が告げ、親爺が認めた。

「昆布か。あまり江戸では見ぬな」

「お江戸は鰹節《かつおぶし》ですやろ。鰹節もおいしいですけどな、もとが魚だけに、このように魚と合わすには、ちときついので」

親爺が語った。

多田屋雀右衛門の口調で咎められていないのを見て、親爺も砕けてきた。

「そういうものか」

聡四郎が述べた。

「江戸で流行るんやったら、とうに流行ってまっせ。江戸と大坂は遠いようで近い。歩けば十二日、船やったら五日もあれば行けます」

江戸では受けなかったのだろうと多田屋雀右衛門が述べた。

「大坂で評判の芝居は、すぐに江戸でも上演されますし、江戸で流行った襟や髪型は、三月《みつき》もせんと大坂で当たり前になってますよって。いまだに流行ってないということはあかんかったんでしょう」

「それもそうか」

聡四郎がうなずいた。

「さて、よろしかったら、堂島の米会所を見に行きまひょか」

一行が食事を終えたのを確認した多田屋雀右衛門が腰を上げた。

天神社から堂島までは、歩いたところで四半刻《しはんとき》（約三十分）もかからない。

「この辺りは、川を改修してできた新地《しんち》ですわ。五代将軍さまの御世の初め、貞《じょう》享《きょう》のころに河村瑞賢《かわむらずいけん》という商人が、曾根崎川《そねざきがわ》をいじって、流れを変えたところに土を入れてできました」

すでに還暦を過ぎているだろう多田屋雀右衛門は、そのことを見ていた。

「できたての空き地は、地代が安うおますよって、茶店やとか遊里《ゆうり》が集まってきましてな。なにせ、客には困りまへんし」

多田屋雀右衛門が辺りに目をやった。

「蔵屋敷か」

聡四郎が気づいた。

「蔵屋敷のお役人さま、そして蔵屋敷に出入りする商人、仲買人」

首を縦に振りながら、多田屋雀右衛門が告げた。

「そのころは、堂島に米会所はなかったのだな」

「おまへんでした。そのころは対岸の北浜ですわ」

確かめた聡四郎に、多田屋雀右衛門が川の向こうを指さした。

「あそこから移ったのか」

「蔵屋敷に近いほうが便利やったんか、新地で遊びやすかったんかは、知りまへんが、元禄《げんろく》十年（一六九七）ごろに、こっちへ米会所が移ってきましてん」

多田屋雀右衛門が説明を終えた。

「ふむ。一つ気になるのだが」

「なんでおますやろ」

聡四郎の言葉に多田屋雀右衛門が応じた。

「北浜のころの繁栄の話は聞いたことがないように思うのだが、堂島に移ってから急に繁盛するというのは、どうも気に入らぬ」

「ああ、それですか。そうですわな」

多田屋雀右衛門が何度も首を上下にした。

「偶然やったのか、昔から考えていたことを堂島への移動を契機にして、始めたのかはわかりまへんが」

前置きをしてから多田屋雀右衛門が続けた。

「米切手《こめきって》の登場ですわ」

「切手ということは、現物取引ではなくしたのか」

聞いた聡四郎が感心した。

切手というのは、道中手形や幕府御家人《ごけにん》の禄を支給する現米切手《げんまいきって》のように、紙に書かれた証明書のようなものである。

「この者はどこどこの村の出で、某の次男である。決して怪しげな者でも、切支丹《きりしたん》でもないので、通行の便を図ってやってほしい」

これが道中手形とも呼ばれる切手であり、

「米何俵を給する」

これが現米切手になる。

どちらもその紙を持っている者にその権利が発生する。

とくに現米切手は、本人かどうかを確認しない。何万という御家人がお玉落としといわれる給米のときに、浅草御蔵《あさくさおくら》へと集まってくるのだ。とても本人かどうかを確認している暇などない。

「信用商いか」

勘定吟味役をしていた聡四郎は、すぐに呑みこんだ。

「よくおわかりで」

武士としては珍しいのだろう。多田屋雀右衛門が驚いていた。

「紙で遣《や》り取りすれば、現物は要らなくなる。一々米俵を移動させる手間がなくなったら、商いが増えるのは当然だな」

「そうですわ」

聡四郎の理解を、多田屋雀右衛門が認めた。

「もっとも、米切手での遣り取りは不正を生みやすいということで、御上《おかみ》から禁じられてますねんけど……まあ、やるやつはやってると」

「御法度《ごはっと》を犯しておるのか」

多田屋雀右衛門の話に、聡四郎があきれた。

「ご禁令が出ても、それが儲かるというたら、やりますわ。それが商人でっさかい。まともに御上のお指図通りにやっていたら、店は大きくなりまへん」

冷たく多田屋雀右衛門が述べた。

「それに大坂は、御上になんの期待もしてまへんよって。御上は命じるだけで、助けてくれまへん」

「…………」

聡四郎はなにも言えなかった。

「いやあ、なんとも正直な方ですなあ」

言葉をなくした聡四郎に、多田屋雀右衛門が笑いかけた。

「ああ、あれが米会所で」

多田屋雀右衛門が見えてきたと告げた。

「随分と立派な」

聡四郎が感嘆の声をあげた。

「石畳が敷かれておりまする」

大宮玄馬も目を見張った。

「荷車で米を運ばなあきまへんので、轍《わだち》ができたらはまりこんで困りますやろ」

多田屋雀右衛門が説明を始めた。

「あの板葺《ぶ》き屋根の二階建てが米会所に入っている商人の店ですわ」

「出店のようなものもあるが、あれもか」

店の壁を背にいろいろなものを売る出店が出ている。

「いや、あれは相場で儲けた客とか、これから新地へ遊びに行く旦那衆を相手にする商売ですわ。店とはなんのかかわりもおまへん。いくらかの地代は払《はろ》うてますけど」

「櫛《くし》や笄《こうがい》などの小間物《こまもの》が多いな」

「女《おなごし》に渡す土産ですわ」

出店の商品を見た聡四郎の感想に、多田屋雀右衛門が答えた。

「備前《びぜん》屋さんが、今期の相場は下がると見てるようや。売りに回ってはる」

「ほんまか。いっちょ、のるか」

「いや、最近の備前屋は相場を外してばかりやで。逆張りこそすべき」

「逆かあ。でもなあ、備前屋の読みは当たってきてるからなあ。三年前やっけ、あの今でも語り草になっている肥前《ひぜん》米の相場」

「あれか。夏の相場で備前屋が一万両を儲けたという」

聡四郎一行の前で、さほど身形《みなり》がいいとはいえない商人が集まって話をしていた。

「多田屋、夏の相場とはなんだ」

聡四郎が問うた。

「米相場は、年三回と決まってますねん。春の相場、夏の相場、そして冬の相場ですわ。これは厳密なもので、この期をこえての取引はあきまへん」

「秋の相場がないのは、結果が出ているからか」

「そうですわ。米の穫れがよかったか、悪かったかがわかってしまってますよって、相場のしようがおまへん」

聡四郎の推測を多田屋雀右衛門が正解だと言った。

「しかし、その一期で一万両を儲けるとは……」

「あれは特別でした。備前屋はん一人が、米の生《な》りが悪いと予想して、買いまくらはったんですわ。もともとええ気候で豊作やと言われてたんですけど、夏に大風が肥前を直撃しましてな」

「稲がやられたか」

「やられたどころやなかったそうで。で、米が高騰、安く買っていた備前屋はんが、大儲けしはりまして」

「なるほどな」

米相場の大体を聡四郎は呑みこんだ。

「混雑しておるしな、もうここはよい」

あちこちを見ている聡四郎たちは、通行の邪魔になっている。江戸だと罵声《ばせい》が起こるところだが、大坂では避けて通られるだけですむ。とはいえ、迷惑そうな顔は隠さないのだ。

聡四郎は堂島を離れようと、多田屋雀右衛門を促した。

「この後はどないしはります。新地を見ていかはりますか。そろそろ夕方ですよって、ええ時分でっせ」

「いや、今日はもういい。疲れた」

多田屋雀右衛門の勧めを聡四郎は断った。

「大坂の気にあてられたわ」

金儲けというのは、油断も隙《すき》も許されない。少し遅れただけで商いの機は失われ、儲けもなくなる。先祖代々の禄に守られている武家とは違った気迫に、聡四郎は呑まれていた。

「お疲れやったら、船で帰りましょか」

聡四郎の様子に多田屋雀右衛門が気を遣った。

「おい、船頭」

多田屋雀右衛門が、堂島の浜に舫《もや》った船のなかで煙管をくゆらせていた船頭に声をかけた。

「これは、多田屋の旦那はん」

あわてて船頭が立ちあがって、礼をした。

「すまんの、休んでいるときに」

「かまいまへん。うちの客は新地ですわ。日が暮れて一刻《いっとき》（約二時間）は帰ってきはりまへん」

詫びた多田屋雀右衛門に、船頭が手を振った。

「日が暮れて一刻とは、気張るやないか」

「なんでも松《まつ》屋の京姐《みやこねえ》さんを、今日こそ口説き落とす言うて」

「無茶なことをするなあ。京姐さんいうたら、新地を代表する売れっ妓《こ》やで。そこいらの男に靡《なび》くかいな」

多田屋雀右衛門が船頭の話にため息を吐いた。

「ほな、ちょっと頼めそうやな。うちのお客さんを乗せて、八軒屋まで運んでくれるか」

「喜んで」

船頭が了承した。

「どうぞ、乗っておくれやす」

「すまんな」

「邪魔をする」

船頭に言われて、聡四郎と大宮玄馬が船に乗りこんだ。

「出しま」

とんと棹《さお》で岸を突いて、船が川へ出た。

「なあ、多田屋」

「なんですやろ」

堂島の浜から八軒屋までは川の流れに逆らうことになる。船頭が艪《ろ》を操り出したところで、聡四郎が多田屋雀右衛門を見た。

「ずっと思っていたのだが、用件に入る前の雑談はなんだ。要るのか」

「要りますわ。ああやって、他人との間を埋めますねん。一度でも馬鹿話をしたら、次に会うとき、緊張しませんやろ。溝がなくなれば、頼みごともしやすい、頼まれやすくもなります」

聡四郎の疑問に多田屋雀右衛門が述べた。

「商いのこつですわ。これも」

多田屋雀右衛門が笑った。

「京とは近いが、まったく違うな」

「身分や血筋では、飯喰えまへんよって」

首を横に振る聡四郎に、多田屋雀右衛門が笑いを消した。

三

大坂城代安藤対馬守信友に命じられた家臣たちが、聡四郎たちを探しに大坂の町を歩いた。

「京からならば、八軒屋に着いたはずだ」

少し切れる者ならば、そこに思いつく。

「最近、このような武家一行が……」

八軒屋の船着き場で家臣が聞きこんだ。

「お侍はん主従二人とお供二人ですか……そういえば昨日」

船着き場の管理をする者が思い出した。

武家はあまり旅をしなかった。参勤交代でもなければ、まず生涯領国《りょうごく》から出ない。武家は家を護る者なのだ。戦がなくなった泰平の世では、他国への侵略もできなくなっている。

旅する武家というのは、思ったよりも少なかった。

「おおっ、どこへ行ったか知らぬか」

「そこの坂を登って行きました」

「石町か。いくつか旅籠があるな」

うなずいた家臣が手をあげて、船着き場を離れた。

「……どこの旅籠に入ったかを訊いて回るわけにもいかぬな」

安藤対馬守から目立つなと言われている。城代家臣の身分を明らかにすれば、宿検《あらた》めくらいはできる。

だが、宿検めをするのは、大坂町奉行所の仕事であり、城代家臣のするものではなかった。

「なにをした者たちでございましょう」

当然、旅籠は気にする。もし、凶悪な盗賊が武士に姿を変えて泊まっているなどとなれば、吾が身さえも危なくなる。

「……………」

それに答えることはできなかった。相手は道中奉行副役の任にある旗本なのだ。まちがっても盗賊だとか、なにかの罪を犯した者だなどとは言えない。もし、それが後日明らかになったら、主君安藤対馬守にまで累《るい》は及ぶ。そうならないためには、己が腹を切って、そこで止めるしかなくなる。

つまり、城代の家臣という名乗りでの宿検めはできない。

かといって、普通に「こういう者が泊まっていないか」と問うたところで、客の許可なく教えてくれるはずはなかった。

「見張るしかないか……」

家臣が難しい顔をした。

石町は旅籠や木賃宿などが多いうえに、細かく区分けされ、道が縦横に走っている。一カ所に止《とど》まっての見張りには限界があった。

「呼んでくるしかないな」

家臣が城代屋敷へと戻って、上役に報告した。

「船着き場に目を付けたのは、よき機転であった」

上役が家臣を褒《ほ》めた。

「しかし、石町と限定してよいのか。石町から西へ進んだ北浜にも宿屋はある。和《わ》光寺《こうじ》まで足を延ばせば、宿は軒を並べておるぞ」

一カ所に限定しては見逃すぞと上役が注意をした。

「ですが……」

「わかっておる。そなたの考えも正しい。ただ、人手を多くは回せぬ。一人行かせる。それでなんとかいたせ」

「二人で石町のすべてを見張れと」

「…………」

辛そうな顔で確認する家臣に、上役は無言で肯定した。

「わかりましてございまする」

人手が足りないのは確かなのだ。

西国大名が幕府の鼻息を窺《うかが》うだけになって、大坂城代は京都所司代同様、閑職となった。とはいえ、城代助役である定番《じょうばん》の京橋口番《きょうばしくちばん》、玉造《たまつくり》口番の二人を管轄《かんかつ》し、東西の大坂町奉行を支配しなければならない。堂島の米会所などは、大坂町奉行所が担当するため、直接城代がなにかをすることはないが、各藩の大坂蔵屋敷の監察もある。

なんといっても金を握る大坂商人の相手をしなければならないのだ。京都所司代が公家の相手をするのと、どちらが面倒かといえば明言はしにくいが、商人はしたたかである。なにより、安藤対馬守も大坂商人から金を借りている。

当たり前のことだが、金は借りているほうが弱い。

「金はない。ゆえに返せぬ」

なかには開き直る大名もいるが、待っているのは悲惨な結末である。

「では、ご縁はこれまでとさせていただきます」

出入り商人がそっぽを向くのはもちろん、こういうときだけ商人は連絡がいい。

「某家さまは、借財を放棄なさいました。今後、当家は一切かかわりを持ちませぬので、ご承知くださいませ」

事情と経緯を記した書付を、知り合いの商人たちに送りつける。

「これはまた」

送りつけられた商人は、さらにそれを拡げる。

「当家への出入りを許す。ついては……」

「ご遠慮申しあげまする」

「この品を買う。金は後日持参する」

「畏れ入りまするが、この品はすでに売却の予定が」

「年貢米を金に換えてくれ。手数料はまとめてでよいな」

「取引ごとに手数料を天引きさせていただかなければ……」

すべての取引が成りたたなくなる。

「おのれ、無礼な」

と怒ってみたところで、商人をどうこうするわけにはいかない。領内の商人ならば、煮ても焼いても問題にはならないが、大坂商人は運上金《うんじようきん》を支払うことで、大坂城代、すなわち幕府の庇護《ひご》を受けている。

大坂商人を敵に回すのは、戦国で兵糧《ひようろう》攻めを受けるのと同じであった。

当然、大坂城代も強権の発動はしにくかった。

「御上のお指図により、絹もの、金銀珊瑚《さんご》を使用した小間物などの販売を差し止める」

幕府からの伝達で恨まれることはない。

「某屋に借財を申しこみたいので仲立ちを」

知り合いの大名に泣きつかれて商人に圧力をかけたり、仲立ちを務めたりすると厳しいしっぺ返しが待っている。さすがに大坂城代、あるいは京都所司代、老中などの要職にある間は無事だが、辞めたとたんに反撃が来た。

大坂城代公式の役目ではないが、大坂商人の機嫌を取り結ぶことこそ家臣たちにとって、もっとも重要な仕事であった。

「宿を特定できたら、人員を増やす」

上役がさっさと行けと手を振った。


「百両かあ……ちょっとしたしもた屋を借りて、女と世話係の女中を雇ってもまだ余るな」

「吉原で居続けをするにはちいときついが、深川あたりの岡場所だと一月、好き放題してもまだ余る」

翌日、藤川義右衛門の配下となった無頼たちが、金の使い道を思い浮かべながら、本郷御弓町へと集まっていた。

捕らぬ狸の皮算用をする。それだけでも情けないのに、金を女に費やそうと考えている。

「馬鹿どもが」

仲間であるはずの無頼たちの話を聞いて、浪人が鼻で笑った。

「百両を無駄に使ってどうする。いつまでも金はあるわけではない。歳老いて働けなくなって、無駄遣いを後悔しても遅い」

浪人が蔑《さげす》んだ目で無頼たちを見た。

「拙者《せっしゃ》なら、百両で棟割《むねわり》長屋の一つでも買い取る。それを繰り返して、大家となる。店賃《たなちん》さえ取り立てていれば、年寄りになってもやっていけるし、孫子の代までも喰える。次代のことを思わぬとは、やはり我ら武士とは違う」

自慢げに浪人が呟いた。

「おい、馬鹿を垂れ流すな」

刻限である昼八つ半になる少し前に、湯浅が現れた。

「なにをしに……」

無頼たちの指揮も任されていると思っていた浪人が怪訝な顔をした。

「誰が手柄を立てたのかを確認するためだ。でなければ、吾が、吾がと嘘や偽りを言い出す者で溢《あふ》れるだろうが」

「…………」

「……それは」

無頼と浪人が気まずそうに、目を逸《そ》らした。

「まったく、藤川さまは話のわかるお方だが、謀《たばか》りには厳しいぞ。命が惜しければ、すぐにばれるような嘘は吐かないことだ」

「承知している」

「わ、わかっておりやす」

浪人と無頼たちがうなずいた。

「何人来ている」

「十二人でござる」

問うた湯浅に浪人が答えた。

「ずいぶんと増えたな」

湯浅が首をかしげた。

「どうやら、他人に漏らした連中がいたようで」

浪人が苦い顔をした。

「……見たこともない顔があるな。あの大柄な浪人は誰だ」

湯浅が浪人に尋ねた。

「先ほど挨拶を受けたところによると、浅草に住まいする中坂《なかさか》という浪人だとか。剣術に覚えがあると申しておりました」

「そうか。それはいいが……一々、口止めをせねばならぬのか」

浪人の話を聞いた湯浅があきれた。

「申しわけない」

「まあいい。手柄さえ立ててくれれば、藤川さまもうるさくは言われぬ」

「お任せいただこう」

やることをやれと言った湯浅に、浪人が胸を張った。

四

入江無手斎と播磨麻兵衛の二人、そして黒が異変に気づいていた。

「だだ漏れよなあ」

あくびをしながら入江無手斎があきれた。

「殺気というか、欲望むき出しでございますな」

播磨麻兵衛も同意した。

「罠《わな》だの」

「はい」

入江無手斎と播磨麻兵衛が顔を見合わせて、うなずきあった。

「無頼に水城家が襲われる理由はない」

「日中の目立つときに、旗本屋敷を襲うなど、無頼のすることではございませぬな」

二人がそろってため息を吐いた。

「藤川だろう」

「まちがいございますまい。無頼どもの気配に紛《まぎ》れてしまい、抜忍たちが潜んでおるかどうか、わからないのがいささか面倒ではございますな」

「目くらましとしては、あれらも役に立っている」

入江無手斎が苦笑した。

「わたくしめが片付けて参りましょう」

先手を打つと、屋敷から出ようとした播磨麻兵衛を入江無手斎が止めた。

「いや、おぬしは奥方さまの護りを頼む」

「奥方さまの護りは、入江さまがなさるべきでございましょう」

新参者《しんざんもの》がもっとも大事な人物の警固をするわけにはいかないと、播磨麻兵衛が首を横に振った。

「おぬしを奥の手に使いたいのよ」

「拙者を奥の手に……なるほど、藤川どもは拙者がここにおることを知らぬ」

入江無手斎に言われた播磨麻兵衛が理解した。

「儂が外で戦えば、なかの護りは袖だけだと思った連中が来るはずだ」

「たしかに。ですが、よろしいので」

入江無手斎の考えに納得した播磨麻兵衛が、信じていいのかと尋ねた。

「信じておる。聡四郎が、いや、殿が認めたとあれば、なにかあってもすべての責は殿が取られよう」

「………………」

笑った入江無手斎に、播磨麻兵衛がなんとも言えない顔をした。

「あやつが六歳のときから教えているのだ。いつまで経っても剣の真髄には届かぬし、人の心の機微《きび》にも疎《うと》いがな、見る目だけは持たせたつもりだ」

剣術の師匠として入江無手斎が聡四郎を評した。

「……なんともうらやましい限りでござる。なれば、わたくしもそこに入れていただけるよう、努力いたしましょう」

播磨麻兵衛が真剣な表情で告げた。

「頼むぞ。言わずともわかっておろうが、袖は経験が浅い。どうしても目でものを見てしまう」

「虚実を扱うは忍の真髄。袖にはまだ難しゅうございましたか」

入江無手斎の注意を、播磨麻兵衛が受けいれた。

「黒はいかがいたしましょう」

播磨麻兵衛が訊いた。

伊賀の郷で飼われていた犬だけに、郷忍たちが見ればすぐに気づく。

「……黒はそのままでよかろう。伊賀の犬がここにいたところで、誰が来ているのかはわかるまいし……」

一度言葉を切った入江無手斎が、小さく口の端を吊り上げた。

「郷忍を抜けた者たちには、いい警告になろう。黒がいるだけで郷が江戸へ援軍を出したとわかる。それは……」

「抜けた者たちを郷が追っていると」

「少しは怖れよう」

入江無手斎は修行していたころ、伊賀の郷にしばらく滞在していたことがあり、伊賀の忍の掟《おきて》についてもよく知っていた。

伊賀の忍は仲間を殺されたらかならず復讐する、そして郷から逃げ出した者はどこまでも追いかけて見せしめとする。これが伊賀の掟として戦国以来続けられてきた。

江戸へ逃げた伊賀の郷忍たちが見過ごされていたのは、追っ手を出すだけの余裕がなかったからであり、決して抜けたことを認めたわけではないと、藤川義右衛門の配下となった連中はわかっていた。

だが、伊賀の犬が江戸へ来ているとなれば、話は変わる。

伊賀が追っ手を出せる状態になったと知った抜忍たちは、どれほど己の技に自信があろうとも、今後死ぬまで気を抜くことができなくなる。

「では、行くとしよう」

入江無手斎がそこらに転がっていた薪《まき》を手にした。

江戸の刻《とき》は城内土圭《とけい》の間に安置されている時計を基準として、各地に設けられた刻の鐘が鳴らされるようになっていた。

刻の鐘は、明け六つ（午前六時ごろ）、昼九つ（正午ごろ）、暮れ六つ（午後六時ごろ）の三度鳴らされる。毎日、その音色を聞かされることによって、江戸の者たちは今何刻ごろかを自然と体感できるようになっていた。

「そろそろ八つ半だな」

「…………」

浪人が呟くのを、湯浅は無言で見ていた。

「おいっ、お前たち。用意をしな」

「へい」

「おうよ」

無頼たちが懐に手を入れ、匕首《あいくち》を取り出したりした。

「中造《さるぞう》、表門を開けてこい」

「合点」

浪人に指図された申造という無頼が、身軽に水城家へと駆けた。

「よしっ」

申造が潜《くぐ》り戸の横、塀を跳びこえようとして落ちた。

「…………」

「なにがあった」

浪人が目を剝《む》いた。

「役目を果たしたようだな」

湯浅が満足そうにうなずいて、そっと浪人の側から外れた。

「他人の屋敷に入るときは、まず訪《おと》ないを入れよ」

潜り戸が開いて、入江無手斎が出てきた。

「ばれたか。しかたねえ、突っこめ」

浪人が太刀を抜いた。

「このやろう」

「舐《な》めるなよ」

匕首を腰だめにした無頼たちが、一斉に入江無手斎へと躍りかかった。

「ほれ、こら」

手にした薪で無頼の頭を入江無手斎は打ち続けた。

「ぎゃっ」

「…………」

頭を陥没させて、無頼たちが倒れていく。

「情けねえ。殴られたくらいで、気を失いやがって」

浪人が舌打ちをした。

「わかっているのか、あれが百両の爺だぞ」

「えっ」

「そう言えば……」

数人が倒されたことで二の足を踏んでいた無頼たちが、浪人に言われて、今気づいたとばかりに目の色を変えた。

「百両の爺……意味はわからぬが、褒めてはおるまい」

門の前に立ちはだかりながら、入江無手斎が嘆息した。

「くたばれ、爺」

「十分、生きただろう」

金に目のくらんだ無頼たちが長脇差や鉤棒《かぎぼう》を振りあげて、入江無手斎へぶつけようとした。

「まだまだ。紬さまが嫁に行かれるまで、死んでたまるか」

入江無手斎が、薪を振った。

「ぐぼっ」

「がっ」

薪を口に突っこまれた無頼が歯を撒《ま》き散らして崩れ落ち、続けて喉を突かれた無頼が血反吐《ちへど》を吐いて沈んだ。

「強い……」

浪人が絶句した。

「さすがは、高額な褒賞金がかかるだけのことはござるの」

浅草の浪人が感嘆した。

「おぬし……」

「月に百両、年に一千二百両、五公五民で禄になおせば、二千四百石。それくらいの価値はござるな、あの老人の首に」

声をかけられて唖然《あぜん》としていた浪人に、浅草の浪人が感嘆を見せた。

「行かれるか。ならば、拙者《せっしゃ》は割りこんだ身。先陣はお譲りする」

「……い、いや」

浅草の浪人に促された浪人が、あわてて首を横に振った。

「ならば、失礼をいたして」

軽く浪人に黙礼をして、浅草の浪人が前に出た。

「ご老体、貴殿にはなんの遺恨《いこん》もござらぬが、拙者のために死んでいただけまいか」

浅草の浪人が入江無手斎の四間（約七・二メートル）ほど手前で、立ち止まった。

「名も知らぬ者のために、一つしかない命を捨て去るほど、お人好しではないわ」

厚かましい要求を、入江無手斎が拒んだ。

「名をお求めか。ならば、ご自身から名乗られるのが礼儀」

「やれやれ、他人の屋敷を襲おうという無体《むたい》な者から、礼儀を説かれるとは思ってもおらなんだわ」

入江無手斎が苦笑した。

「儂《わし》は当家の抱人《かかりうど》の入江無手斎じゃ」

「入江……あの入江無手斎どのか」

「あのがなんなのかは知らぬが、たぶん、その入江無手斎じゃ」

驚いた浅草の浪人に、入江無手斎が認めた。

「道場を閉じて、どこかへ行かれたと聞いてはいたが……」

「儂のことを知っておるおまえは、誰じゃ」

「中坂燕九郎《えんくろう》と申す浪人ものでござる」

「えん……燕《つばめ》か」

「よくおわかりでござるな。さすがは入江翁《おう》」

「その地面を擦《こす》りそうな長い刀を見れば、わかるわ。巌流《がんりゅう》とは珍しい」

感心した中坂燕九郎に、入江無手斎が告げた。

「珍しいと仰せの通り、今どき巌流は流行りませぬ」

「流行らぬな。御上が刀の長さを二尺九寸（約八十八センチメートル）とお定めになられて以来、長太刀を遣う技は衰退したからの」

「正保《しょうほう》の御定書《おさだめがき》でございましたか。あれは登城にかんしては長太刀を許さずといったものであったと聞きましたが……」

「登城とそれ以外の区別を付けるなぞ、面倒であろう。それに御上がそう言い出されたとあれば、旗本は公私に違《たが》わず従うものだ」

「無念ながら」

入江無手斎の説に、中坂燕九郎が首肯した。

「弟子もおらず、黙々と先祖代々伝わる技を繰り返す。後は喰うために人足仕事をこなして……この生活に疲れましてござる。入江翁を倒せば、生涯安泰になると聞き、馳《は》せ参じた次第。畏れ入りまするが、勝負を願いたい」

「勝負と言うな。そのような汚れた目的で使われては、巌流が泣くわ」

「…………」

触れられたくない心の奥を遠慮なく突いた入江無手斎に、中坂燕九郎が黙った。

「さっさとかかって来い。先祖の名を汚しにな」

「年寄りといえども、言ってよいことと悪いことがあるわ」

入江無手斎の煽《あお》りに、中坂燕九郎が怒りのまま太刀を抜いた。

「その大太刀を引っかからずに抜くだけの技量はあるということか」

腕の長さよりも鞘の長さがあるため、長い太刀を抜くのは困難である。それをなんなくこなした中坂燕九郎の腕を入江無手斎が認めた。

「きあああ」

長い太刀を中坂燕九郎が振りかぶった。

「鞘は捨てぬのか。そうか、学んだのだな」

入江無手斎が宮本武蔵《みやもとむさし》と佐々木小次郎《ささきこじろう》の決闘の開始になぞらえて、笑った。

「きさま、どこまでも……馬鹿にしおって」

中坂燕九郎が激怒した。

「死ね」

振りかぶった長太刀を袈裟懸《けさが》けのように見せながら、途中で薙《な》ぎへと中坂燕九郎が変化させた。

「……ふん」

間合いを見切った入江無手斎が、上から中坂燕九郎の大太刀を叩いた。

太刀は人を斬りやすくするために、薄く研がれ、そして反りが付けられている。刀と刀で打ち合うこともあるていどは考慮されており、刃が欠けることはあっても、正面からの打撃には耐えられる。だが、横からの打撃は考えられていない。

薪で叩かれた中坂燕九郎の大太刀が、中ほどから折れた。

「あああああ、伝来の大太刀が」

中坂燕九郎が絶叫した。

「一人では同じ型を繰り返すしかなかったのだろうが、実戦経験が足りぬわ」

動きを止めて折れた大太刀を呆然と見ている中坂燕九郎へ近づいた入江無手斎が、首を叩いた。

「…………」

声もなく中坂燕九郎が死んだ。

「きれいな太刀筋であったぞ」

入江無手斎が褒めた。

「ひっ……」

見ていた浪人が恐怖に顔をゆがめて、腰を引いた。

「どうやら、こやつ以上の手練《てだ》れはおらぬようじゃ。後は小物叩きかの。今少し、頼んだぞ、播磨どのよ」

入江無手斎が苦い顔で呟いた。

第三章　奪われた宝

一

入江無手斎が表で無頼の相手をしだした。

湯浅の報告に、藤川義右衛門の配下となった抜忍たちの目がぎらついた。

「今度こそ、思い知らせてくれる」

「死んでいった者たちも、浮かばれよう」

水城家の裏手に潜んでいた抜忍たちが、興奮した。

「赤子を攫《さら》った者は、その足で頭領のもとへ急げ。他の者は、追っ手を邪魔しろ」

湯浅がもう一度、策を確認した。

「念を押すまでもなし」

「わかっている」

うるさそうに抜忍たちが、手を振った。

「では、やるぞ」

「おう」

湯浅の合図で、二人の抜忍が同時に水城屋敷の塀を乗りこえた。

「…………」

一瞬遅れて湯浅も続いた。

紅と紬を奥の間の床の間に座らせ、その前に紬を控えさせ、己は廊下側に位置取った播磨麻兵衛が、寝そべっている黒の耳が動いたことに気づいた。

「来たぞ」

「うむ」

声をかけた播磨麻兵衛に紬がうなずいて、両手に棒手裏剣を握りこんだ。

「下がれ、黒」

播磨麻兵衛の指示を受けた黒が、紅の膝前へ動いた。

「…………」

下手に雨戸を閉じれば、相手から身を隠せるが、同時にどのような仕掛けをしてくるかがわからなくなった。

さすがに破城槌《はじょうつい》のようなものを持ち出すとは思えないが、それでも板戸くらいなら易々《やすやす》と破る大矢などが使われることもある。いきなり雨戸を突き破って矢が飛びこんできては、いかに忍とはいえ、これを避けることは難しい。ましてや、紅を護ることなど不可能になる。

「二人か。意外と少ない」

袖が庭を横断してくる人影を数えた。

「虚《うつろ》に気をつけよ」

二人とは限らないと播磨麻兵衛が、袖に釘を刺した。

「いたぞ」

「奥の間だ」

二人の抜忍が、人影に気づいた。

「赤子以外は殺せ」

「当然じゃ」

顔を合わせず、うなずきあった二人の抜忍が、目を眇《すが》めて目標の紬を確認しようとした。

「えっ」

「馬鹿なっ」

勢いのまま突っこもうとした二人の抜忍が、たたらを踏んで止まった。

「播磨どの」

「先達《せんだつ》さま」

「久しいの、酒《ささ》、太郎次郎《たろうじろう》」

啞然とした二人に、播磨麻兵衛が声をかけた。

「なぜ、ここに」

太郎次郎と呼ばれた抜忍が、呆然としながら問うた。

「水城家に召し抱えられたからの」

「なにを言われる。水城は我ら伊賀の郷の仇《かたき》でござる」

飄々《ひょうひょう》と答える播磨麻兵衛に、酒が声を荒らげた。

「静かにせんか。姫さまが起きられる」

播磨麻兵衛が窘《たしな》めた。

「ふざけないでいただきたい。どうして郷忍のまとめ役だった播磨さまが……」

「郷と水城の殿は和解をいたした」

「なっ、なにを」

「そんなはずはない」

二人が必死で否定した。

「新しい郷の頭、百地丹波介《ももちたんばのすけ》さまのご判断じゃ」

「百地だと」

「体術よりも学問が好きだという、あんな本の染み虫が、頭領だと」

播磨麻兵衛の言葉に二人が驚愕《きょうがく》した。

「郷に残った者たちの取り決めに、文句を付けられる身分か」

険しい声で播磨麻兵衛が怒鳴りつけた。

「……うっ」

「むっ」

二人が唇を噛んだ。

「お前たちのどちらかでも残っていれば、頭領になれたやも知れぬが……いや、なれぬか。先祖伝来の地を捨て、金に魅入られるような者では、郷は付いていかぬ」

「黙れっ」

「明日の食いものもない、生まれた子を間引かねばならぬような郷など、くれると言うても要らぬわ」

二人が反発した。

「ならば、成敗《せいばい》してくれる」

播磨麻兵衛が二人に宣《せん》した。

「こちらがじゃ」

「左」

二人が手裏剣を放ちながら、播磨麻兵衛へと飛びかかった。

「叔父上」

「手出し無用」

数の不利に危険を感じて、援護に回ろうとした袖を播磨麻兵衛が拒んだ。

「おう」

かわせば後ろの紅に刺さる位置をしっかりと見て取って投げられた棒手裏剣を、播磨麻兵衛が左右の手で摑んだ。

「隙《すき》あり」

両手が塞《ふさ》がった播磨麻兵衛に、忍刀を抜いた二人が斬りかかった。

「甘いわ」

播磨麻兵衛が半歩下がるなり、両手の手裏剣を投げ返した。

「ちっ」

「なんの」

至近距離で投げつけられる手裏剣を体術でかわすことは難しい。

二人の忍は、播磨麻兵衛を斬るつもりでいた忍刀で払いのけるしかなかった。

「あほうが……」

忍刀を振ったことで重心をずらした二人に、播磨麻兵衛が拳を打ち入れた。

「ぐっ」

「……がはっ」

播磨麻兵衛が二人同時に狙ったため、急所に当てられなかったとはいえ、二人は苦鳴を漏らしながら、後ろへ下がった。

「今すぐ、郷へ帰れ。もう一度、修行をやりなおせ」

二人を播磨麻兵衛が怒鳴りつけた。

「手裏剣がどこに当たるかを見てから動け。刺さったところで命に、動きにかかわらぬところならば、そのまま受けろ。さすれば体勢を崩さずに、儂へ刃を届かせられた」

「…………」

　叱られた二人が黙った。

「江戸は忍を腐らせる。そもそも藤川義右衛門からして、話にならぬ。どのようなことがあろうとも、伊賀の忍は雇い主を裏切らぬ。敵に回るときは、今までの約定《じょうやく》を果たしてからぞ。それも掟であろう。その掟を守らず、御広敷伊賀者組頭の座にありながら、上様を襲うなど論外」

「将軍が庭之者などという者を連れてきて、伊賀者から探索御用を取りあげたのが先だ。やられたらやりかえすのが、伊賀」

　酒が反論した。

「情けない。伊賀の矜持《きょうじ》はどうした。新たに来た者など役に立たぬ、やはり伊賀でなければ、と思わせようと、なぜせなんだ。郷の者ならば、そうしたはず。江戸者は……」

　播磨麻兵衛がため息を吐いた。

「だまれっ」

「忍だから耐える。そんなものは、古い」

　酒と太郎次郎は聞く耳を持っていなかった。

「ならば、古き者によって消されるがいい」

しゃべりながら、足の指を使って少しずつ位置を右へ寄せていた播磨麻兵衛が、太郎次郎へ襲いかかった。

「なんの」

「えっ……」

太郎次郎が忍刀を構え、酒が間抜けな顔をした。

「弱い者ばかり相手にしてきたな」

太郎次郎と忍刀で鍔《つば》迫《ぜ》り合いをしながら、播磨麻兵衛があきれた。

「酒、おいっ」

押してくる播磨麻兵衛に耐えながら、太郎次郎が動こうとしない酒に呼びかけた。

「無駄よ。あやつはもう死んでおる」

「なにをっ」

播磨麻兵衛の言葉に太郎次郎が反発した。

「血が出ていない」

「当たり前じゃ。奥方さまと姫さまの前に、おまえらごときの血を晒《さら》せるわけなかろうが」

疑った太郎次郎に播磨麻兵衛が嘲笑《ちょうしょう》した。

「…………」

立っていた酒がひっくり返った。

「あっ」

太郎次郎が愕《おどろ》きの声をあげた。

「わかったか」

播磨麻兵衛が嘲笑を深くした。

酒の喉に鉛の塊《かたまり》が張りついていた。

鉛は重く、手で曲がるほど柔らかい。投げつければ当たった瞬間、形を変えて張りつく。そのため投げたときの衝撃が、そのまま余すところなく伝わる。

播磨麻兵衛は鉛の塊を酒の喉仏へぶつけることで、骨を砕き、呼吸を止めたのであった。

「くそっ。酒の仇」

太郎次郎が怒って、忍刀に体重をかけ、播磨麻兵衛を押さえこもうとした。

「足下がおろそかじゃ」

押し負けるように腰を落とした播磨麻兵衛が、太郎次郎の臑《すね》を蹴飛ばした。

「痛っ」

臑は肉が薄く、骨に直接響く。喉と同じで鍛えようのないところであった。

太郎次郎が呻《うめ》いて体勢を崩した。

「…………」

無言で播磨麻兵衛が太郎次郎の後頭部を打った。

「……かっ」

「ちっ、避けたか」

必死に身体をひねった太郎次郎が、かろうじて致命傷を免《まぬか》れた。

「だが、もうまともに動けまい」

播磨麻兵衛が太郎次郎の身体を蹴飛ばして、庭へ落とした。

「これならば、奥方さまと姫さまから見えぬわ」

冷たい声で播磨麻兵衛が太郎次郎を見下ろした。

「くそっ、くそっ」

首の骨を折られずにすんだとはいえ、頭を揺らされた太郎次郎は必死で逃げようとしたがまともに動けない。

「郷の恥」

「嫌だあ、ようやくいい思いを……」

忍刀を突き出した播磨麻兵衛に、太郎次郎が泣き顔を見せた。

「次は忍に生まれてこぬことを祈って死ね」

播磨麻兵衛が太郎次郎の胸に切っ先を沈ませた。

「……」

心《しん》の臓《ぞう》を貫かれた太郎次郎が声も出せずに絶息《ぜっそく》した。

「よしっ」

不意に奥の間の天井板を割って、湯浅が飛びこんできた。

「なっ」

庭に気を向けていた袖が対応できず、突き出された忍刀を転がってかわした。

「寄こせっ」

その隙に湯浅が、紅の手から紬を奪い取った。

「なにを」

「しまった」

「ちっ」

紅と播磨麻兵衛、袖が慌てたが、湯浅が忍刀を紬の身体に擬《ぎ》したことで動けなくなった。

「じっとしていろ。少しでも動けば、赤子を殺す」

「上様の御孫さまだぞ。きさまら、この国に居場所がなくな……」

「黙れ、隠居」

播磨麻兵衛の警告を湯浅が遮《さえぎ》った。

「返して、紬を……」

「黙れ、女」

湯浅がすがろうとした紅を怒鳴りつけた。

「役立たずどもが……」

倒れている酒を湯浅が憎々しげに見た。

「こやつらを殺せなかったではないか」

湯浅が悔しげに言った。

紬を抱えているため、湯浅は片手しか遣えなかった。その片手には忍刀があり、飛び道具に替える余裕もない。なにより、その忍刀を紅にあるいは紬に向ければ、紬から切っ先が外れてしまうため、播磨麻兵衛の反撃を受けてしまう。

「まあいい。目的は達した」

湯浅が、紬と播磨麻兵衛へ目を移した。

「そのまま動くな」

ゆっくりと湯浅が座敷を出た。

離れろと言わなかったのは、手裏剣を投げられれば、少しくらいの距離など関係なかったからだ。

「追ってくるなよ」

湯浅が釘を刺した。

「…………」

紬を押さえられては、どうしようもない。

播磨麻兵衛も紬も、黙って見送るしかできなかった。

「ではの」

塀際まで下がった湯浅が、辻ではなく隣家の敷地へと跳んで消えた。

「おのれっ」

紬が追おうとした。

「止《よ》せ。姫さまに何かあっては困る」

播磨麻兵衛が紬を止めた。

「しかしっ」

「黒、頼む」

言い募ろうとした紬を制して、播磨麻兵衛が黒に合図を出した。

「…………」

黒が紬の匂いを追い出した。

「ああ……」

「奥方さま」

紅が崩れ落ち、紬が駆け寄った。

「藤川……きさまは伊賀の郷を敵にした。伊賀の郷が滅びを防ぐためにすがった糸に、お前は傷を付けた。かならず殺してやる」

播磨麻兵衛が殺気を撒き散らした。

二

屋敷を揺らすほどの怒気に、入江無手斎があわてて戻って来た。

「どうした」

「申しわけもございませぬ」

「…………」

問うた入江無手斎に播磨麻兵衛が深々と頭《こうべ》を垂れ、袖が無言でうなだれた。

「奥方さま」

「……紬が……」

唇を嚙みながら紅が説明した。

「姫さまが……」

今度は入江無手斎が殺気を放射した。

「町奉行所に届け出を」

ようやく異常に気づいた水城家の小者が事情を知って、駆け出そうとした。

「待ちなさい」

紅が小者を止めた。

「殿さまの恥になるゆえ、このことは外に漏らしてはなりませぬ」

「ですが……」

「殿のお留守を預かるのは、わたくしですよ」

武家の正室として、紅が凛《りん》とした気配を見せた。

屋敷を荒らされるのは、武士として恥になった。

「武を誇る者が、盗賊ごときに……」

かつて盗賊に入られたため、咎めを受けた者もいた。

「紬……」

小者が下がったとたん、紅が紬を胸に抱いて泣いた。

「……奥方さま」

入江無手斎が慰めようもないと呆然とした。

「お詫びをっ」

紬がいきなり懐刀を抜いて、自害しようとした。

「阿呆」

見抜いていた播磨麻兵衛が、紬の腕を押さえた。

「叔父御《おじご》、死なせて……」

「忍が復讐もせず、死ぬなどなにごとぞ」

紬の願いを播磨麻兵衛が拒絶した。

「……ああ、紬」

紅が顔をあげて、首を横に振った。

「これ以上、あたしを哀しませないで」

町娘の口調に戻った紅が、袖を叱った。

「奥方さま……」

袖が手を突いて、むせび泣いた。

「供をお願い」

泣いている袖に紅が命じた。

「どちらへ……」

「上様にご報告をするわ」

問うた入江無手斎に、紅が告げた。


万一に備えて残ると言った播磨麻兵衛を置いて、紅は入江無手斎、袖を連れて江戸城へと向かった。

「二人とも、抑えなさい」

紅が殺気を遠慮なく放射したままの入江無手斎、袖を窘めた。

「かならず、思い知らせてやるから」

「恥じる」

「申しわけございませぬ」

二人以上の気迫を漏らしながら宣言した紅に、入江無手斎と袖が頭を垂れた。

養女だとはいえ、いきなり将軍に会いたいといって、会えるものではなかった。

「加納遠江守さまが、お出《い》でになられまする」

いつものように平川《ひらかわ》門で名を告げた紅に、門番の書院番士《しょいんばんし》が応じた。

「かたじけのうございまする」

将軍の養女格として江戸城に出入りしているが、尊大な態度は夫たる聡四郎の足を引っ張る。

「どうぞ、なかで」

立ったまま待たせるわけにはいかない。書院番士が、紅を門番所へと案内した。

平川門から中の門までの伝令が書院番士の役目であり、そこからはお城坊主になる。

「たしかに承りましてございまする」

お城坊主は金をもらわないと縦のものを横にもしないが、さすがに紅が相手となると話は変わる。下手な嫌がらせをして、もしばれたら吉宗の怒りを買う。

お城坊主が御休息の間へと急いだ。

「加納遠江守さまへ」

「……どうした」

呼び出された加納遠江守が、御休息の間から出てきた。

「紅さまが……」

「わかった」

お城坊主の用件にうなずいた加納遠江守が一度、御休息の間へと戻った。

「いかがいたした」

寵臣《ちょうしん》が呼び出されたことに、吉宗は興味を持った。

「紅さまが平川門へお見えだとか」

「ふむ。よかろう。行ってこい」

答えた加納遠江守に、吉宗が許可を与えた。

紅だからといって、特別扱いするのはまずかった。

吉宗を表だって非難する者はいないが、その妬《ねた》みは聡四郎へと向かう。

「ご寵愛《ちょうあい》をよいことに、増長《ぞうちょう》しておる」

「妻女を使って、上様に取り入るなど」

そうでなくとも聡四郎は吉宗からの信頼を受けている。まだ吉宗が将軍になって日が浅いため、さほどの立身《りっしん》はしていないが、いずれ寵臣の一人になるのはまちがいない。

千石足らずの旗本が、将軍に気に入られたことで、大きな出世をするのは過去にいくらでも例があった。

五代将軍の寵臣柳沢美濃守吉保《やなぎさわみののかみよしやす》は、小納戸から大老《たいろう》格で二十二万石甲府《こうふ》城主まで引きあげられたし、六代将軍家宣《いえのぶ》の信頼を受けた間部越前守詮房《まなべえちぜんのかみあきふさ》は申楽師《さるがくし》から、高崎《たかさき》五万石の大名になっている。

それと同じことが聡四郎にもあり得るのだ。

だが、人のうらやむ出世は、かならず妬みや嫉《そね》みを受ける。

「儂のほうが、家柄がよいものを」

「拙者こそ、ご重用にふさわしいはず」

人というものは、己のことを高く見積り、他人の能力を正しく判断できない。

聡四郎に吉宗が求めるものを理解せず、その立身をうらやむ。

「奥方の伝手《つて》で引きあげられただけ」

さらに紅が吉宗の養女だというのが、他人の嫉妬《しっと》を増大させる。

将来、聡四郎を町奉行あるいは勘定奉行に就け、思うように改革を進める手助けをさせたいと考えている吉宗にとって、有象無象《うぞうむぞう》の妬みは面倒なものであった。

「お見えでございまする」

門番所の外で、加納遠江守の到着を見ていた書院番士が、紅に告げた。

「はい」

うなずいた紅が、腰を上げて門番所から出た。

「紅さま」

「お忙しいところを申しわけもございませぬ」

声をかけた加納遠江守に、紅が一礼した。

将軍の実娘ではない紅と御側御用取次では、表《おもて》役人たる御側御用取次が上になる。

「いかがなされました」

「いささか……」

他人の耳目《じもく》があるところで、話をするわけにはいかなかった。

「こちらへ」

気まずそうに目を泳がせた紅の様子から、加納遠江守が気づいた。

「お手数をおかけいたしまする」

促されて紅が加納遠江守の後にしたがった。

「ここなれば、聞こえますまい」

平川門から内へ二十間(約三十六メートル)ほどのところで加納遠江守が足を止めた。

遠目とはいえ、二人の姿は平川門の警固をしている書院番士たちから見える。他人目のないところで二人きりになるのは、いかに加納遠江守が将軍の信頼厚い股肱《ここう》の臣であり、紅がいわば同僚である聡四郎の妻だといっても許されることではなかった。

「畏れ入りまする……」

気遣いに感謝した紅が、しばし言葉に詰まった。

「なにがございました」

加納遠江守が異常に気づいた。

「そういえば、本日は紬さまのお姿が……」

「申しわけございませぬ」

紬の名前が出た瞬間、紅が腰を深く折って謝罪した。

「なにがございました」

静かに加納遠江守が問うた。

御側御用取次という役目は、老中たちの横暴から将軍を護るのが本質である。将軍へ無理を押しつけようとする者たちの面会を拒絶する御側御用取次は、老中であろうが、御三家であろうが屈しない。

「どけ、おまえごときが余を遮《さえぎ》るな」

将軍への目通りを強行しようとしても、御側御用取次は退かない。

老中は幕府の宿老《しゅくろう》であり、御三家は神君《しんくん》家康公の末裔《まつえい》で、どちらも矜持が高い。

「そのような用件で、上様にお目通りはできませぬ」

吉宗との面会を制限する御側御用取次は目の敵《かたき》にされた。

嘲弄《ちょうろう》される、脅迫される、威圧されるのが当たり前である。それに憤っても、脅えても、萎縮してもお役目は務まらない。

御側御用取次に求められる素質で、沈着冷静は忠誠の次に重要であった。

「落ち着かれて、ゆっくりと経緯をお話しくださいませ」

加納遠江守が穏やかな声で紅を促した。

「さきほど……」

紅が語った。

「……紬さまが」

内容を聞いた加納遠江守が、さすがに動揺した。

「し、しばし、お待ちを」

加納遠江守が、紅をもう一度平川門の門番所に戻すと、急ぎ足で吉宗のもとへ戻った。

「他人払いをお願いいたしまする」

「わかった。皆、遠慮せい」

戻って参りましたの礼もなく、いきなり要求した加納遠江守の無礼を、吉宗は許した。

「……なにがあった」

人気がなくなるなり、吉宗が加納遠江守に尋ねた。

「紬さまが攫われましてございまする」

「詳細を」

加納遠江守の報告に、吉宗の目つきが変わった。

「紅さまのお話によりまするると……」

「伊賀者めえ」

吉宗が低い声を出した。

「源左」

天井裏に潜む御庭之者を吉宗が呼び出した。

「申しわけございませぬ」

聞いていた村垣が天井から降りて、平伏した。

「やりくりをするためとはいえ、警固が遅れましたこと……」

「詫びは要らぬ。謝罪で紬が戻って来るならば、いくらでもいたせ」

「……はっ」

吉宗に厳しく言われた村垣がもう一度畳に額を押しつけた。

「すぐに出せるのは、何人だ」

「二人でございまする」

「お前も出ろ」

「それは……上様のお護りに穴が……」

捜索を命じた吉宗へ、村垣が抵抗した。

「遠江、御広敷伊賀者組頭をこれへ」

「はっ」

「う、上様」

吉宗の言葉に加納遠江守が反応し、村垣が絶句した。

「愚か者が。そなたらを信じておるから紬の救出を預けるのだ。伊賀者にさせられるか。伊賀者はどこで藤川に通じているかわからぬのだぞ」

「ですが、伊賀者が上様を害し奉るやも」

「そこまで馬鹿ではなかろう。もし、躬になにかあれば、伊賀者が手引きしたと誰もが思う。それこそ江戸伊賀者は全員斬首、一族郎党も死罪、伊賀の郷は藤堂藩兵《とうどうはんぺい》によって根絶やしにされることになる」

村垣の危惧を吉宗が否定した。

「わかったならば、さっさと行け」

吉宗が手を振った。

「はっ」

追いたてられるように村垣が、天井裏へと消えた。

「では、わたくしも」

村垣との遣り取りを確認するまで残っていた加納遠江守が、御休息の間を出ようとした。

「待て、遠江。伊賀者の後、紅のところへ参るのであろう」

「はい。上様のお手配りをお報せして、少しでもお気を落ち着けていただければと」

吉宗に問われた加納遠江守が首肯した。

「竹のもとへ参ることを許す」

「……上様」

すぐに加納遠江守が吉宗の意図を悟った。

「己で届けに来るくらいだ。気丈《きじょう》に振る舞っているだろうが、紅も女だ。たしかに並の女とは思えぬ胆力をしておるがの」

吉宗を相手にしても一歩も引かないのが紅である。どころか、竹姫への応対が悪いと、吉宗を叱り飛ばしたこともある。

「紅を支える聡四郎は、江戸におらぬ。躬が引き離したのだ。今、紅が素《す》を露《あら》わにして泣ける相手は、竹だけじゃ」

紅への引け目を吉宗は感じていた。

「なにより、躬が紬を吾が孫だと申したのがな……まずかった」

「上様……」

ため息を吐いた吉宗を、加納遠江守が気遣った。

「行け」

その気遣いをうるさそうに吉宗が手を振った。

「少し急いだかの」

加納遠江守がいなくなったところで、吉宗が呟いた。

「幕府の寿命を延ばすことだけを考えてきたが……この世に永遠はない。幕府の延命はなにをしても無理なのかも知れぬ」

吉宗が力なく独りごちた。

「静かに終わりを迎えるならば、それもよいが。室町《むろまち》の足利《あしかが》幕府が滅びたときも、鎌倉《かまくら》の源《みなもと》幕府が潰《つい》えたときも、世は乱れた。次の覇権を争う戦いが、また始まるやも……それだけはならぬ。多くの人が死に、町が焼かれる。そうならぬようにするためには、幕府はまだ力を持ち続けねばならぬ」

表情を変えて吉宗が続けた。

「それを邪魔するというならば、藤川。おまえは躬の敵じゃ。覚悟いたせ」

吉宗が決意を口にした。

三

御広敷伊賀者組頭の遠藤湖夕《えんどうこゆう》は、吉宗の呼びだしに大慌てで応じた。

「お召しと伺いましてございまする」

隠密を任の一つとするため、御広敷伊賀者は御家人ながら目通りは許された。

遠藤湖夕が御休息の間下段、襖《ふすま》外で平伏した。

「来い」

「はっ」

もっと近づけと吉宗が扇子で手招きをした。

ここで礼式にのっとった三度の遠慮なんぞしていれば、気の短い吉宗の怒りを買う。遠慮することなく、遠藤湖夕が上段の間と下段の間の境目近くまで伺候した。

「そちの前任、藤川義右衛門がやりおった」

「なにをしでかしましたのでございましょう」

吉宗に言われた遠藤湖夕が戸惑った。

「吾が孫を攫いおったわ」

「……まさかっ」

将軍の前だというのを忘れて遠藤湖夕が驚愕した。

「躬がこのようなくだらない冗談を言うと」

「とんでもございませぬ」

蒼白《そうはく》になった遠藤湖夕が、吉宗の絡みに首を左右に振った。

「なにをすべきかを、言わずともわかっておるな」

「……はい」

吉宗の迫力に、遠藤湖夕が震えあがった。

「ならば、行け。紬の顔を見るより前、もう一度そなたの顔を見たとき、伊賀はこの世からなくなると思え」

「はっ」

膝行《しっこう》することも忘れて、遠藤湖夕が走った。


御休息の間から御広敷は近い。煙草を一服する間も惜しいとばかりに急いだ遠藤湖夕が、御広敷伊賀者番所に飛びこんだ。

「皆を集めろ」

「いきなりなんでござる、組頭」

「どうなされた」

「やかましい。皆を揃えろと申した」

普段は温厚な遠藤湖夕に怒鳴られて、御広敷伊賀者たちが唖然とした。

「組頭、大奥番の者はわかるが、お女中の外出に供している者は、今すぐというわけにはいかぬぞ」

一人が無茶を言うなと遠藤湖夕に述べた。

御広敷伊賀者は、大奥女中の外出に付き添う。大奥女中の安全確保というのが表向きの理由だが、その裏には不義密通を見張るという役目があった。

大奥は女の城であり、そこに入れる男は将軍だけである。もちろん、医師や僧侶などは男でも別扱いになるが、大奥女中という女に対して男たれるのは、将軍一人であった。

大奥で女中が懐妊すれば、その相手は将軍と判断される。

つまり、将軍の子供となり、男ならば次代の将軍になるかも知れないのだ。

そんな大奥女中が、外で男と密通しているとなっては、将軍の血筋の正統が疑われることになる。それを防ぐために、伊賀者が一人、かならず大奥女中の外出には、同行した。

「そんなことはどうでもいい。さっさと集めろ」

「……話にならんが、組頭の指図ならば」

伊賀者番所にいた御広敷伊賀者が、任に出ている同僚を呼びに散った。

「どうした」

「なんだ」

大奥は広大だが、忍にとってさほどの問題にはならない。すぐに御広敷伊賀者が伊賀者番所に集まった。

「組頭、今大奥におる御広敷伊賀者十八人、揃った」

冷静に対応していた御広敷伊賀者が遠藤湖夕に告げた。

「……ああ」

遠藤湖夕が落ち着くために大きく深呼吸をしてから、うなずいた。

「ふ、藤川がしでかした」

「藤川といえば、前《さき》の御広敷伊賀者組頭であろう。それがなにをしでかしたのだ」

「前も上様のお命を狙ったが、撃退されたはず」

遠藤湖夕の言葉に、御広敷伊賀者たちが怪訝な顔をした。

「つ、紬さまを攫った」

「紬さま……前の御広敷用人水城さまの娘だろう」

「阿呆、上様が紬さまは吾が孫であると宣されたぞ。水城さまのご妻女は上様のご養女さまだろうが」

御広敷伊賀者たちが顔を見合わせた。

「ま、待ってくれ……」

「それは」

少しして、一同が遠藤湖夕の発言の意味を理解した。

「組頭……」

冷静だった御広敷伊賀者でさえ目を不安定に動かしながら、遠藤湖夕にすがりつくような声を出した。

「上様は激怒なされておられる」

「ひっ」

「…………」

遠藤湖夕の発言に、一同が恐怖した。

「一度、藤川が上様に叛旗《はんき》を翻し、御広敷伊賀者は潰されかけた。その危機をようやく脱したところで、これじゃ。まさに我らの存亡がかかっている」

そこにいる者たちすべてと遠藤湖夕が目を合わせた。

「根切《ねき》りに遭うぞ」

「ごくっ」

断言した遠藤湖夕に、御広敷伊賀者の誰かが唾を呑んだ。

「馬鹿を考えるなよ。やられるならばやられる前にと、藤川に合流しようなどと考えている者がおれば、吾が殺す」

「……だが、残っていても殺されるならば……」

「幕府に刃向かってどこで生きる。藤川がうまくやっているなどと思っているのではなかろうな」

みょうなことを口にしかけた御広敷伊賀者を、遠藤湖夕が睨んだ。

「あれは上様が相手にされていないからだ。藤川など、幕府からみれば小物に過ぎぬ。上様は幕政を改革するために紀州から本家を継がれた。上様の目的は幕府の百年先を作られることだ。だから、己の命を狙った藤川を無視してきた。藤川は、虎の巣穴の前でうろつくだけにしておけばよいものを……」

「尾を踏んだ……」

「そうだ」

遠藤湖夕が首を縦に振った。

「よいか、吾は止めたぞ。それでも藤川に与《くみ》するというならば、好きにしろ。先祖の功績で得た家禄、貧しいとはいえ子々孫々まで飢えることのない生活を捨てるというならばな。ただし、そやつはそのときから伊賀者を根絶やしにせんとする仇敵《きゅうてき》になる。もちろん、父母、妻子、兄弟も許されぬ。これは謀叛《むほん》である」

遠藤湖夕が断言した。

「…………」

伊賀者番所を沈黙が支配した。

「組頭……」

しばらくして一人の伊賀者が発言を求めた。

「なんだ」

「弟が藤川のもとに走った」

かつて藤川義右衛門が吉宗に反発して御広敷伊賀者を抜けたときに、同心して出ていった者は何人かいる。

言った者とは別の数人が同じような苦い表情を浮かべた。

「おまえの手で仕留めろ」

「……わかった」

発言した御広敷伊賀者が遠藤湖夕の命にうなずいた。

「抜ける者は今出ていけ。これより、御広敷伊賀者が生き残るための話し合いになる。策を聞かすわけにはいかぬ」

遠藤湖夕がふたたび、一同を見た。

「…………」

皆、周囲の反応を窺うが、誰も出ていこうとはしなかった。

「誰もおらぬな。後で裏切っているとわかったときは、先祖の墓もなくなると思え」

罪は死者にも及ぶと遠藤湖夕が脅した。

「組頭、幕府を敵に回す、いや、上様に手向かいをする者はおらぬ」

冷静だった御広敷伊賀者が口を開いた。

「巻野《まきの》の言うとおりでよいな」

「…………」

無言で十七人が同意を表明した。

「よし」

強く遠藤湖夕が首肯した。

「我らが生き延び、御広敷伊賀者が存続する方法は、ただ一つ。我らの手で紬さまを取り戻し、藤川一党を討つしかない。三組交代の勤番を二組でこなし、一組は探索に専念しろ」

御広敷伊賀者は定員六十四人である。組頭一人を除いた二十一人で当番、宿直《とのい》番、非番を繰り返している。それを非番なしの二交代にし、一組を藤川探しに回すと遠藤湖夕が決定した。

「組替えをする。探索、隠形《おんぎよう》、早足の者で一組を組め。あと、馬鹿が出ぬよう、探索組は三人が一つとなって行動しろ」

相互見張りを遠藤湖夕が指示した。

「味方を疑うなど、伊賀組始まって以来の不祥事だが、もう一人でも裏切りが出たら、全員切腹して、上様に詫びるしかなくなる。そうすることで子らへのお慈悲を願うぞ」

遠藤湖夕が覚悟を要求した。

竹姫のもとに通された紅は、吉宗の気遣いだとわかっていた。

「どうかしましたか、姉さま」

姉と慕ってくれるまだ幼い竹姫に、紅は事情を話し、すがりついて泣いた。

「大事ございませぬ。上様がかならずなんとかしてくださいまする」

吉宗を受けいれてからふくよかになった胸に紅を抱きしめながら、竹姫があやすように言った。

「紬さまは、妾《わらわ》の子でもありますゆえ」

たった一度限りの逢瀬《おうせ》は、竹姫に絆《きずな》を育《はぐく》んではくれなかった。その竹姫にとって、生まれたときから知っている紬は、吾が子同然であった。

「大丈夫、大丈夫」

紅の背中を撫でながら、言い聞かせるように竹姫が繰り返した。

「……少し落ち着かれましたか」

「ありがとうございまする」

しばらくして問うた竹姫に、紅が顔を上げて答えた。

「ああ、そのままで」

離れようとした紅を竹姫が抱き直した。

「鹿野《かの》、お茶を」

「はい」

竹姫に仕えている中臈《ちゅうろう》の鹿野が、うなずいた。

「……姉さま」

茶の用意ができたところで、ようやく竹姫が紅を解放した。

「………」

紅が真っ赤になった顔を袖で隠した。

「さあ、お茶をどうぞ。妾たちがあわてたところで、なにもできませぬ。そのぶんは、男さまに働いていただきましょう」

竹姫が紅に微笑んだ。

「きっとどうにかしてくださいますよ」

吉宗は信頼できると竹姫は紅へと伝えた。

四

聡四郎は、大坂城代へ挨拶をしに行くことにした。

ぬであろう」

「京都所司代には顔を出しておきながら、大坂城代は知らぬ顔というわけにもいか

「では、わたくしが」

うなずいた大宮玄馬が前触《さきぶ》れをすると出ていった。

役人は、己の面目を気にする。

「京都所司代には挨拶をしておきながら、大坂城代には顔を出さぬ。これは大坂城代を京都所司代よりも軽いと思っておるのか、それとも余を下に見ているのか」

聡四郎が大坂に来たことを大坂城代安藤対馬守が知らなければ、さほど問題にはならないが、知ったときに火種となる。

「いかに上様の娘婿であろうとも、道中奉行副役の立場で大坂へ来たとあれば、しかるべき挨拶があって当然である」

役人には序列がある。こう言われれば、聡四郎は立場をなくす。

そして、しくじった聡四郎を吉宗はかばってくれない。

「よろしいか」

大宮玄馬を送り出した聡四郎のもとに、多田屋雀右衛門が顔を出した。

「かまわぬぞ」

聡四郎が多田屋雀右衛門を迎え入れた。

「昨日は世話になった」

多田屋雀右衛門が手を振った。

「いえ」

昨日の案内の礼を述べた聡四郎に、多田屋雀右衛門が手を振った。

「上方の宿はお気に召されましたか」

多田屋雀右衛門が滞在の居心地を尋ねた。

「いや、じつに気持ちがいい。とくに風呂がの」

聡四郎が頬を緩めた。

水の便の悪い江戸は、多摩川《たまがわ》などから水道を引いて生活を賄《まかな》っている。そのため水が貴重であり、風呂といえば蒸し風呂であった。

対して、川が多く水の便がいい大坂の風呂は、湯桶であった。大人一人が肩まで浸《つ》かれるほどの大きな桶に、八分目ほどまで満たされたお湯、身体を湯桶の外で洗わなければならないという制約はあるが、身体全体を湯で包まれるという感覚は、新鮮であった。

「なにより大きいのがいい」

今まで旅してきた東海道の旅籠でも湯桶は使われていたが、水を入れ替える作業を嫌うのか、どれも大柄な聡四郎には窮屈《きゅうくつ》なものであり、多田屋のもののように、足こそ伸ばせないが、肩をすくめずにすむのは楽であった。

「それはよろしおました。お食事はいかがで。江戸のお方には、いささか薄いかとも思いますが……」

「それは確かだな。醬油を使っているのかどうかを疑うほど薄いな、色が」

多田屋雀右衛門の危惧に聡四郎が同意した。

「味付けを濃いめにいたしまひょか」

「そうしてくれると助かる」

「わかりましてございまする。板場に伝えておきますわ」

多田屋雀右衛門が首肯した。

「ところで、どうかしたのか」

聡四郎が多田屋雀右衛門を見た。

「おわかりになりますか」

「目つきがな」

「これは、あきまへんな。まだまだ未熟」

言われた多田屋雀右衛門が、顔をつるりと撫でた。

「失礼ですけど、お旗本さまにまちがいはおまへんか」

「本当に失礼だな」

直截《ちょくせつ》な確認に、聡四郎が苦笑した。

「まちがいない。本郷御弓町の旗本七百石、水城聡四郎である」

聡四郎が胸を張った。

「お役目について、お聞かせを」

「役目……なぜだ」

聡四郎が怪訝そうな顔をした。

「お旗本が大坂までお出でになるのは、まず遠国役になられたときぐらいのもんですよってに」

旗本に物見遊山の旅は許されていない。役目以外での旅となれば、剣術や学問の修行でもなければ、江戸を離れることは難しい。

「道中奉行副役として、ご命を受けておる」

「それは、ご無礼をいたしました」

役目を告げた聡四郎に、多田屋雀右衛門が手を突いて詫びた。

「なにがあった」

昨日は気にもしていなかったことを問われた聡四郎が気にした。

「ちいと、こちらへ」

問うた聡四郎を多田屋雀右衛門が廊下へと誘《いざな》った。

多くの旅籠では廊下の明かりを確保するため、端に小窓を設けていた。多田屋も廊下の両端に、満月を模《かたど》った丸窓を作っていた。

「少しだけ開けますよって、外を見てくださいまし」

多田屋雀右衛門がそう言って、窓に一寸（約三センチメートル）ほどの隙間を開けた。

「…………」

言われた聡四郎が隙間から外を覗いた。

「四辻が見えますやろか」

「……ああ」

「そこにお侍はんが、一人立っておられるのは」

「見えている」

聡四郎が多田屋雀右衛門の指摘した人物を見つけた。

「見覚えはおまへんか」

「……ないな」

訊かれた聡四郎が、否定した。

「番頭によりますと、昨日の夜からずっと立っているらしいので」

「ずっとか」

聡四郎が驚いた。

「気持ち悪いので、不寝番《ふしんばん》の者に言うて、ときどき確かめさせたそうですよって、夜中も……」

「誰かを見張っている……にしてはあちこちへ目をやりすぎだな」

じっと侍の様子を見ていた聡四郎が首をかしげた。

「誰かを探しているのではないか」

「だと」

聡四郎の意見に多田屋雀右衛門が同じ意見だと首肯した。

「なるほど。それで吾を疑ったか」

「申しわけもおまへん」

理解した聡四郎に、多田屋雀右衛門が頭を下げた。

「よい。旅籠としては無理のないことだ」

聡四郎は多田屋雀右衛門に手を振って、咎めなかった。

「見覚えはないが、心当たりはある」

「へっ」

聡四郎の言葉に、多田屋雀右衛門がみょうな声をあげた。

「いろいろとあってな、あちこちから狙われている」

「ね、狙われてる……」

多田屋雀右衛門が顔色を変えた。

「安心いたせ、おぬしたちに迷惑はかけぬ。返答次第だが、明日にはここを出ることになる」

「返答次第……どなたはんの」

「大坂城代安藤対馬守さま」

「それはまた、ずいぶんとお偉い方が」

聡四郎の口から出た名前に、多田屋雀右衛門がなんとも言えない表情を浮かべた。

「遠国のお役を果たす者は、京都所司代、大坂城代のもとで滞在するのが慣例なのだが、ちいと京で窮屈な思いをしたゆえ、大坂では少しわがままをいたそうとの」

「なるほど。見張られているのが面倒だと」

すぐに多田屋雀右衛門が気づいた。

「少し不足だが、昨日、おぬしに案内してもらったのでな。まあ、籠《かご》の鳥になるのもよいかと」

「なにを言うてはります。事情がわかりましたら、こちらもやりようがおますわ。明日、大坂城代さまのもとへ行かれるのは、何刻ころでございましょう」

「安藤対馬守さまのご都合が基本だが、こちらもお役目であるからな、多少の融通は利く。とはいえ、呼び出された日には行かねばならぬが」

多田屋雀右衛門の質問に、聡四郎が答えた。

「ほな、今日と明日の朝の内はいけますやろ。お供の方が戻られたら、新地へ行きまひょう」

「新地とは、遊所であろう。拙者には妻もある。家士の大宮玄馬には許嫁《いいなずけ》がおる。遊びは遠慮する」

述べた多田屋雀右衛門に聡四郎が首を横に振った。

「女を抱くだけが、遊びやおまへんで。任せておくんなはれ。では、手配りが要りますよって、御免を」

一人で決めて、多田屋雀右衛門が離れていった。

「強引だな。大坂の者は、皆、ああなのか。京とはかなり違う」

多田屋雀右衛門の行動に聡四郎があきれた。

「京はこちらから踏みこもうと一歩前に出ると、一歩半下がるような感じであったが、大坂はこちらから近づく気がなくても、あっさりとなかに入ってくる。これが伝統を守る公家の町京と、人と人とを結んでなり立つ商いの町大坂の差」

聡四郎が小さく首を左右に振った。


大宮玄馬が戻って来たのは、昼前であった。

「ただいま戻りましてございまする」

「手間取ったな。なにかあったか」

思ったよりも遅かった帰還に聡四郎が問うた。

「申しわけございませぬ。大坂城代屋敷まで参りまして、御用人さまをお呼びいただき、名乗りましたところ、いつから大坂へ来ていたのかとか、どうやって大坂へ入ったかとか、どこに滞在しているかとか、いろいろ訊かれまして」

大宮玄馬が辟易《へきえき》とした顔で告げた。

「用人の雰囲気はどうであった」

「なにやら、焦っているというか……ちょうど、剣術の試合前に、まったく知らぬ敵が稽古している姿を偶然見かけたような……」

大宮玄馬が、苦労して喩《たと》えた。

「……なるほどな」

聡四郎が納得した。

「京都所司代から、我らについて通告があったのではないか。しかし、なかなか挨拶に来ないので、気にしていたのだろう。吾がなにをしているのかを」

そこまで来ているとわかっているのに、なにをしているかわからない。役人にとって、これは恐怖であった。

道中奉行副役ならば街道筋のことを見ているのだろう、こちらにはかかわりないと能天気に構えているようでは、出世は望めない。どれだけ職務に精通していようが、警戒心のない者は、どこかでかならず足を引っかけられて転ぶ。

安藤対馬守は、老中の一歩手前である大坂城代までのし上がってきた。足を引っ張られることへの警戒心は他人の数倍はある。その安藤対馬守が聡四郎をただの道中奉行副役だと思っているはずもなかった。

道中奉行は今や、閑職の最たるものになっていた。独立した道中奉行はおらず、まったく仕事のない隠居役の大目付、あるいは寝る暇もないほど忙しい勘定奉行の兼任となっている。

両極端な役目が兼任できるほど、することがないのだ。

そんな道中奉行に今更副役なんぞいるはずもなく、なぜ新設されたかの理由がわからない。

需要がない役目があの辣腕《らつわん》で鳴る吉宗によって設けられ、腹心が任じられる。

ここに裏を感じない者は、役人と言えなかった。

「閑職を表の顔にした、監察」

江戸を離れたがらない目付の代わりに遠国を見張るのではないかと、ほとんどの者がそう考える。

「で、玄馬はどうした」

聡四郎が、問われての対応を尋ねた。

「話してはならぬとのご指示もございませんでしたので、そのままに伝えましてございまする」

「それでよい」

大宮玄馬の答えに聡四郎は満足げにうなずいた。

「用人はどのような反応を見せた」

「首をかしげていたように思いまする」

「戸惑ったか」

聡四郎が笑った。

「とにかく、なぜすぐに大坂城代のもとに来なかったのかをしつこく訊いてこられました」

「それにはどう言った」

「主の決めましたことでございますれば、わたくしにはわかりかねまするると」

大宮玄馬が素直に告げたと述べた。

「たしかにそうだ。用人はどうした」

「それでは家士として足りぬのではないかとか、主の心内を推察するのも家士の役目であろうとか、お叱りをいただきました」

「ほう、他家の家士を叱るか」

聡四郎が表情を硬くした。

「どうなさるおつもりでしょう」

「なにもせぬ。ただ足りぬ家士しか持たぬ主だからの。なにを訊かれてもまともに受け答えできずとも不思議ではあるまい」

質問した大宮玄馬に聡四郎が口の端をゆがめた。

「そうそう、忘れておった。面会はいつになった」

「明日の昼八つ（午後二時ごろ）に大坂城代屋敷でと」

「そうか」

幕府の慣習として役人は午前中が忙しい。前夜の宿直からの報告を受けたり、緊急の案件が割りこんだり、たまっている執務をこなすため、あまり来客は喜ばれない。その代わり、昼からは比較的余裕ができる。さすがに余裕ができたからといって、昼寝をするとか、囲碁将棋で遊ぶとかはできないが、見廻りや来客の対応、要路への私信を認《したた》めたりはできる。

「……水城はん」

「おう、多田屋どのか。開けてくれてよいぞ」

多田屋雀右衛門の声に聡四郎が応じた。

「いなくなりました」

「あの侍がか」

「さようで」

「なんのことでございましょう」

聡四郎と多田屋雀右衛門の遣り取りに、大宮玄馬が首をかしげた。

「ああ、それはな……」

「……大坂城代安藤対馬守さまのご家中だったと」

聡四郎の説明を聞いた大宮玄馬が理解した。

「まず、まちがいなかろう」

大宮玄馬の確認に聡四郎が首を縦に振った。

「大坂城代はんの……」

多田屋雀右衛門が目を剝《む》いた。

「まさか……」

「胡乱《うろん》な目で見るな。悪事などしておらぬわ。役人にはいろいろあるのだ」

一瞬腰の引けた多田屋雀右衛門に、聡四郎が苦笑いを見せた。

「さて、今日は新地へ連れて行ってくれるのだろう」

「……そうでございました」

聡四郎に言われた多田屋雀右衛門が、緊張を解いた。

宿を出た多田屋雀右衛門は西南へと足を向けた。

「まずは新地ではなく、大坂で唯一お許しのある遊廓新町《しんまち》を見ていただきまする」

「江戸における吉原のようなものか」

多田屋雀右衛門の話に、聡四郎が言った。

「江戸の吉原ほど華やかではおまへんけど」

「知っているのか」

吉原を懐かしむような多田屋雀右衛門に聡四郎は驚いた。

「若いころの話で」

多田屋雀右衛門が白くなった頭髪を掻《か》いた。

「ほう、なにしに江戸へ行った」

聡四郎が興味を見せた。

「旅籠屋を継ぐなら、実際に旅をして来いと亡くなりました親父が申しまして。雨、風、土埃《つちぼこり》、厠《かわや》もないところでの排便、手も洗わずに喰う握り飯、旅は苦労の連続や。それを癒《いや》して、翌朝元気で送り出すのが旅籠の仕事や。客の疲れを知らずに、旅籠屋なんぞできるかと」

「なんともまあ、見事な父御ではないか」

語った多田屋雀右衛門に聡四郎が感心した。

「話としてはよろしいやろ。ですが、これは多田屋の伝統でございますねん。表向きは旅籠をやるための修業。そのじつは……」

おもしろそうに笑いながら、多田屋雀右衛門が間を空けた。

「そのじつは……なんだ」

一層の興味を聡四郎が持った。

「旅籠を継いだら、休みはおまへん。お客はんがお出でくださる限り、旅籠は閉められまへん」

「そういえばそうだな。旅籠で休みというところはなかった」

あらためて聡四郎は気づかされた。

江戸と大坂では風習は違うが、概《おおむ》ね年に二回ほど商店は休む。これを藪入《やぶい》りといい、奉公人もいっせいに休みをもらって、帰郷したり遊びに出たりする。他にも正月三が日を商売にならぬとして休むところもある。

しかし、旅籠にそういったものはなかった。

「でまあ、江戸で物見遊山をして、一生分遊んでこいと」

多田屋雀右衛門が楽しげに告げた。

「一生分か……それではなんとも少ないの」

聡四郎も笑った。

「水城はんもお家を継がれるまでは、お遊びに」

「いや、吾は四男でな、家を継げる身ではなかった。兄が急死したことで家督を継いだが、それまで屋敷の厄介者《やっかいもの》でな、遊ぶだけの金もなく、ただ剣術をするしかなかった」

「それはご無礼を申しました」

真摯《しんし》に多田屋雀右衛門が詫びた。

「かまわぬさ。家を継いだ後はすぐにお役目をいただき、そこからずっと変わらぬ」

「奥方さまとは……やはりお見合いで」

「いや、妻は町屋の出よ。任で出ているときに知り合ってな、いろいろあって一緒になった」

「お歴々としては、珍しい」

多田屋雀右衛門が驚いた。

武家の婚姻は家と家が普通であり、将軍に目通りできない御家人ならばまだしも、五百石からの旗本が町人の娘を妾《めかけ》ではなく、正室にするというのは珍しかった。

「これだけは、運がよかったと思っている」

聡四郎が微笑んだ。

「ええ奥方さまですねんなあ」

「吾にとってはな」

感心する多田屋雀右衛門に聡四郎が答えた。

「そう言うてる間に新町ですわ」

多田屋雀右衛門が前方を指さした。

第四章　公と私の衝

一

新町は、江戸の吉原同様、幕府から許しを得て開業している公認の遊廓になる。

遊女の逃亡を防ぐため、高い塀と堀で四方を囲まれ、出入り口は東と西にある大門だけだが、最大の顧客である船場《せんば》の商人の便宜《べんぎ》を図るため、新町橋を架橋するなど、江戸の吉原が籠の鳥を閉じこめておくといった風なのに対し、新町遊廓は随分と開放的であった。

「周囲も民家で詰まっているな」

聡四郎が新町遊廓のすぐ側まで民家が迫っていることに驚いた。

「吉原は、周囲に家などございませぬ。遊廓の側は風紀が乱れるとか、夜遅くまでうるさいとか忌避《きひ》されることが多いと申しますに」

大宮玄馬も感心していた。

「この辺りは、南へ出るにも、堂島へ向かうのもよう似た手間ですみますよって、便がよろしいねん」

多田屋雀右衛門が理由を続けた。

「それに風紀が乱れるいうたかて、みんな家でやってることでっさかいな。男と女がせんと子は生まれまへんし、うるさい言うてもあんまりなときは、廓《くるわ》の男衆《おとこし》が片付けまっさかい、さほどのことはおまへん。そんなんが気になるようやったら、廓側に窓作らなんだらええこって」

「そういうものなのか」

「へい、そういうもんです」

不思議そうな顔をした聡四郎に、多田屋雀右衛門が応えた。

「行きまっせ」

多田屋雀右衛門が東の大門を潜った。

「賑やかなものだな」

「早めに仕事を終えた大工や左官、米相場を確認し終わった蔵屋敷のお侍はんが、遊びに来はる刻限ですし」

目を瞠《みは》った聡四郎に、多田屋雀右衛門が述べた。

「新町は今、七町《ちょう》からなってます。大坂の陣が終わった後、大坂中に散らばっていた遊廓をここにまとめた五町が始まりやと聞いてます。現在、見世《みせ》は大小あわせて五十軒内外、妓《おんな》は八百人近いと」

「多いな」

「江戸の吉原は千人をこえているはずで」

呟くように言った聡四郎に、多田屋雀右衛門が皮肉な笑みを浮かべた。

「江戸は女日照《ひで》りの町だからな。大坂はそうでもなかろう」

あちらこちらから出てきた、一旗揚げようと夢見る男、普請《ふしん》が途絶えることがないから食いっぱぐれないだろうと出てくる男、そして参勤交代で一年の単身赴任を強いられる勤番侍などで江戸は溢れていた。しかし、それに合うだけの数の女はいない。基本、女は危険を伴う旅をせず、国元で生涯を過ごすからだ。

当然、男余りの江戸で、妻《めと》を娶れる者は少ない。あぶれた男は、寂しく夜具を抱いて独り寝をするか、遊廓で一時の発散をするかになる。

十万をこえるだろう独り者の男、そのすべてを受けいれることは不可能だが、できるだけ対応しなければ、遊廓の意味はない。なにより儲けが薄くなる。

結果、遊女の需要が高まり、吉原は千人どころか二千人近い女を抱えていた。

「大坂も女日照りでっせ。西国から船で着く米俵を運ぶ人足、江戸ほどやおまへんけど、それでも普請はしょっちゅうありますし、中国、四国から食い扶持を求めて大坂へ来る男はようけいてます」

多田屋雀右衛門が言った。

「なるほど」

「遊女も田舎の宿場町で、飯盛女しているより、新町できれいな衣装着せてもろうて、うまいことといけば金持ちの商人なんぞに落籍《ひか》してもらえるほうが、よろしいやろ」

「身売りは御法度だなどと言っても意味はないな」

幕府は二代将軍秀忠《ひでただ》のとき以降、なんども身売り禁止を命じていた。

「さすがですな。身売りせえへんかったら、年貢が払えない。年貢が払えず、百姓が田畑を捨てて逃散《ちょうさん》したら、困るのはお武家はんで」

聡四郎の発言を多田屋雀右衛門が褒めた。

「それに……」

多田屋雀右衛門がすっと聡四郎から目を逸らした。

「遊廓がなければ、うちの女中たちも危ないですよってなあ。男は我慢でけへんもんですよって」

「矛盾《むじゅん》……か」

人身売買を禁じながら、年貢はどのような状況であっても取りあげる。政をおこなう武家の矛盾が、世のなかをゆがめている。

「武家も我慢できはらへん。不作の年は、年貢をなくせとは言わんけど、半減なりにすることくらいはせんと身を売る女は減りまへん」

多田屋雀右衛門が苦く頬をゆがめた。

「…………」

聡四郎も苦い顔をした。

「多田屋はん、お久しぶりでっせ」

暗くなった多田屋雀右衛門と聡四郎の雰囲気を壊す声が割りこんできた。

「誰や……おまはんは、伊勢《いせ》屋の男衆、たしか里吉《りきち》とかいうたな」

振り向いた多田屋雀右衛門が、声をかけてきた男を思い出した。

「思い出してくだはりましたか、ありがたいこって」

里吉がもみ手をした。

「最近、お見限りでございますなあ」

「この歳やで、もう、女と汗掻く元気はあらへんわ」

やわらかい文句に多田屋雀右衛門が言い返した。

「そりゃあ、女がかわいそうでっせ。多田屋はんが来てくれはらへんと、一日に一人かならずお茶挽《ひ》きますねん」

「年寄りに押しつけな」

言われた多田屋雀右衛門が苦笑した。

「里吉と申したかの」

「へ、へい」

不意に聡四郎から話しかけられた里吉が、驚いた。

「多田屋は、そんなに遊んでいたのか」

「そらもう、多田屋の旦那ちゅうたら、新町すべての見世を知ってはる……」

「こら」

聡四郎の問いに答えた里吉に多田屋雀右衛門が照れた。

「昔の話はしいいな」

「よいではないか、多田屋」

嫌そうな顔で多田屋雀右衛門が里吉を制し、その有様を聡四郎が楽しんだ。

「多田屋はん、こちらは」

里吉が、多田屋雀右衛門に訊いた。

「江戸のお旗本さまや、気いつけなあかんで。江戸のお方は荒いさかい」

多田屋雀右衛門が意趣《いしゅ》返しをした。

「まったく……」

聡四郎がため息を吐いた。

「お見世は決まってはりますんで」

里吉が多田屋雀右衛門に尋ねた。

「あいにく、江戸のお旗本さまはお堅いさかいな、女郎買いはしはれへんねん」

「へっ……ほななんで新町へ」

妓に用のない男が新町遊廓へ来る理由はない。金のない男が、白粉《おしろい》の匂いだけでも嗅ごうとして来ることはあるが、聡四郎たちの身形《みなり》はかなり立派であり、とて、そうとは思えない。

里吉が首をかしげたのも当然であった。

「大坂の繁華を見たいと思うての」

聡四郎が告げた。

「なるほど、それやったら、ここが一番ですわ。北の新地なんぞ、まだまだあきまへん」

納得した里吉がうなずいた。

「……殿」

すっと大宮玄馬が軽く腰を落とし、周囲を警戒した。

「喧嘩か」

聡四郎も人の争う音に気づいた。

「またか……」

里吉が肩を落とした。

「どうした」

「いや、たいしたことやおまへんけど、蔵屋敷に御用で来はるお武家はんが、新町で浮かれはって……」

質問した聡四郎に、里吉が答えを濁した。

「妓の応接が悪いと、けちつけてるんやろ」

厳しい声で多田屋雀右衛門が吐き捨てた。

「武士は尊ばれるもんやと思いこんでるさかい、妓に文句を言うねん。妓とは金で買われるだけの関係や。払《はろ》うたぶんの仕事しかせえへん。それ以上を望むんやったら、相応の気を遣わなあかん」

多田屋雀右衛門が武士の遊びかたを批判した。

「耳が痛いな」

聡四郎が嘆息した。

「いや、水城はんのことやおまへん。国元から大坂へ用事で来はった西国諸藩のご家中はんのことですわ」

慌てた振りで多田屋雀右衛門が否定した。

「……ごまかしているつもりのようだな」

「はい」

あきれた目で多田屋雀右衛門を見る聡四郎に、大宮玄馬が同意した。

「わかりまっか」

「そなたが、我らのことを忘れて、武家の悪口を言うとは思えぬ」

ばれたかと頬を緩める多田屋雀右衛門に聡四郎が述べた。

「それほど酷《ひど》いのか」

「里吉、遠慮せんでええ。こんな機会はないで」

確認した聡四郎に、多田屋雀右衛門が里吉を促した。

「よろしいんで」

「…………」

念を押した里吉に多田屋雀右衛門が無言で肯定した。

「毎日やおまへんけど、月に何度かは、苦情がおます。妓が誠心誠意尽くさなかったとか、武士を馬鹿にしているとか。そもそも遊廓は苦界《くがい》、世間さまとは違います。大門を潜ったら、お大名も越後屋も関係なくなりますねん。誰もがただの男になって、女を求め、ひとときの安らぎを得る。そこに身分を持ち出されても……」

溜まっていたのか、里吉が文句を滔々《とうとう》と言った。

「町奉行所は……」

江戸でも吉原に町奉行所は手出しはしない。たぶん、無駄だろうと思いながらも、江戸と大坂では事情が違うかも知れないと、聡四郎が問いかけた。

「大門外でも、お武家はんはなんもしてくれはりまへん」

「やはりか」

首を横に振った里吉に、聡四郎が息を吐いた。

「玄馬、うるさいゆえ、黙らせてこい」

まだ騒いでいる武家を聡四郎が指さした。

「はっ」

命じられた大宮玄馬が駆けていった。

「あっ、危ないでっせ。刀抜いて振り回してま……」

あわてて止めようとした里吉が啞然とした。

「むん」

するすると近づいた大宮玄馬が、暴れている武家に問答無用で当て身を喰らわせた。

「……お強い」

多田屋雀右衛門が驚愕した。

「江戸でも玄馬に勝てる者はそうはおらぬ」

吾がことのように、聡四郎が誇った。

「それはすさまじい。ならば、上方では随一ですな」

「そんなことはあるまい。大坂城代の安藤対馬守さまご家中にも遣い手はおられようし、大坂にも名のある道場はあろう」

多田屋雀右衛門の賞賛に、聡四郎が首をかしげた。

「城代さまのご家中さままではわかりまへんが、大坂の道場はあきまへん。なんせ、剣術を学ぼうとするお武家はんが、いてはりまへん」

「では、どうやって道場をやっていくのだ」

聡四郎が疑問を呈した。

「町人相手にしますねん。町人のなかに喧嘩で強くなりたいとか、武士にあこがれて剣術をやってみたいというのがいてますねん。それを弟子として道場をやってます。裕福でっせ。なんせ、大坂の町人は金持ってますよって」

「町人相手か……」

教えられた聡四郎が情けなさそうな顔をした。

剣術道場の主といえども、剣士である。聡四郎と大宮玄馬の師匠である入江無手斎は、あれほどの腕を持ちながら、鍛錬を欠かしていなかった。

「そこで満足すれば、たちまち腕は落ちていく。己は今こそ最高潮だと思っていても、頂点におれるのは、長くない。まだ足らぬ、もっと先がある。そう思って努力せねば、技は磨けぬ」

入江無手斎の考えは、聡四郎と大宮玄馬に大きな影響を与えていた。

「お待たせをいたしましてございまする」

暴れていた武家を当て落とし、その下緒《さげお》を使って後ろ手に縛りあげて抵抗できなくした大宮玄馬が戻って来た。

「ご苦労であった」

「おおきにありがとうございまする」

「助かりましてございまする」

聡四郎が労い、多田屋雀右衛門と里吉が礼を言った。

「さて、宿へ帰ろうか」

ここまででいいと聡四郎が告げた。

「もうよろしいんで」

北の新地を見なくていいのかと、多田屋雀右衛門が訊いた。

「おぬしのもくろみはわかったからな」

聡四郎が表情を引き締めた。

二

黒が水城屋敷へ帰って来たのは、日が暮れ近くになってからであった。

「ご苦労」

待ち構えていた播磨麻兵衛が、黒に褒美の干し肉を与えた。

「頼めるか」

干し肉を喰い終わり、水を飲んだ黒に、播磨麻兵衛が言った。

「…………」

数回尻尾を振った黒が、屋敷を出た。

犬が走るのを追うというのは、目立つ。播磨麻兵衛は焦る気持ちを抑えて、黒を歩かせていた。

「かなり遠いな」

本郷御弓町から東へ進んだ黒は神田《かんだ》明神を過ぎても方向を変えなかった。

「あの五重塔は浅草寺《せんそうじ》か」

江戸へ来て間もない播磨麻兵衛は、地理にあまり詳しくはなかった。

「……………」

浅草寺を過ぎ、大川《おおかわ》へ当たったところで、黒が立ち止まった。

「あそこか」

黒がじっと見つめる先を播磨麻兵衛は認識した。

「普通の民家のように見えるが……」

播磨麻兵衛が十間（約十八メートル）ほど離れたところから、民家を観察した。

「二階建てで、窓は辻とおそらく川側にあるな。出入り口は半間（約九十センチメートル）の引き戸で一度に大勢が入りこめないようになっている。隣家とは長屋造りか。壁は共有だな。そちらからの侵入も無理か」

呟いた播磨麻兵衛が手を振って、黒に待機を命じると、辺りを見回して他人目を確認、隙を見て、目的の民家と軒を連ねる一軒の屋根へと登った。

「……瓦の色が微妙に隣家と違う。あれは葺《ふ》き替えているな。乗れば音がする、あるいは、下へ落ちるなどの仕掛けを疑わねばなるまい」

播磨麻兵衛が難しい顔をした。

「手が足りぬのが痛いな。報せに戻らなければならぬが、その間の見張りが……黒では、判断ができん」

黒には紬の匂いを覚えさせている。紬が移動すれば、それを追うくらいはできるが、肝心の藤川義右衛門が出入りしたときの対応ができなかった。

「黒、見張れ」

一応、黒を残して、播磨麻兵衛が屋敷へと戻った。


吉宗は怒りを見せぬようにしながら、執務をこなした。

「上様」

加納遠江守が、老中たちの退出を確認し、その日の執務が終わったことを告げた。

「随分と遅かったな」

老中は八つ（午後二時ごろ）までしか御用部屋にいないのが慣例である。それが本日は一刻《いっとき》（約二時間）以上延びていた。

「大和守《やまとのかみ》さまが、勘定方の報告を待っておられたようでございまする」

「……大和守、久世《くぜ》か。久世と勘定奉行となれば、正徳《しょうとく》金銀鋳造《ちゅうぞう》の件だな」

加納遠江守の報告を受けた吉宗がすぐに理解した。

正徳金銀鋳造とは、新井白石《あらいはくせき》が幕政の改革をしようとしておこなった、正徳小判、正徳一分金の発行であった。慶長《けいちょう》小判などの古金を回収して、新たに作ったのだが、金の含有量《がんゆう》が低いと評判が悪くなり、まともに流通しなかった。そのため半年足らずで新造を止め、新たな小判を鋳造する羽目になり、幕府の財政をより混乱させるだけに終わった。その後始末がまだ残っている。

「遅くまで一人残っては哀れだが、正徳金銀鋳造を指揮したのは、大和守じゃ。己のやったことは責任をもって片付けねばならぬな」

吉宗が久世大和守の残業をしかたないと認めた。

「者ども」

小姓と小納戸を見て、吉宗が手を振った。

「はっ」

他人払いとわかっている小姓たちが、御休息の間を出ていった。

「源左……」

「畏れながら……」

吉宗の呼びかけに天井裏から返って来たのは、村垣の声ではなかった。

「馬場《ばば》か」

「はっ」

声で当てられた御庭之者馬場が恐縮した。

「源左はどうした」

「紅さまの陰供《かげとも》を務めておりまする」

問われた馬場が答えた。

「ならばよし」

吉宗が納得した。

紬を攫った藤川義右衛門の一味が、紅の行動を予想していないはずはなかった。まず吉宗に報告するために江戸城へ向かう。

「あの藤川じゃ、紅も利用しかねぬ」

苦く吉宗が頬をゆがめた。

吉宗の義理の孫となる紬を攫ったのは、藤川義右衛門なりの宣戦布告である。その使者として藤川義右衛門は紅を使った。紅の悲嘆振りを吉宗に見せつけようというのと、紅は騒ぎを表沙汰にしないだろうという推測からなっている。

普通の者ならば、娘を攫われたとあれば、町奉行所へ届け出て、その探索を見守る。

だが、それは世間へ騒動を報せることになる。とくに今回は吉宗が孫と公言した紬の話である。大騒動になるのはまちがいないし、そうなれば、水城家の責任問題にも発展する。

「なぜ、紬さまと紅さまを大奥へお入れしなかったのか」

「警固の侍を置いていないなど、論外じゃ」

聡四郎を非難する者がかならず出てくる。ときの寵臣は怖れられると同時に、揚げ足を取られるものなのだ。

表沙汰にできないとなれば、紅は直接吉宗に報せるしかなくなる。

藤川義右衛門はそれを見抜いていると考えるべきであった。

「つまり、紅さまの用はすんだ」

「うむ」

報告をすませば、使者の用事は終わった。用は終わったとはいえ、江戸城からの帰りに紅が襲われたとあっては、吉宗の面目は丸つぶれである。

「よくしてのけた」

吉宗が満足そうにうなずいた。

「で、馬場、なにかわかったか」

「申しわけもございませぬ。水城家に残されていた伊賀者の死体は、我らが引き取り、検分いたしましたが、それ以上は……」

「死人は語らぬ……か」

御休息の間へ降りて来て平伏している馬場に、吉宗がため息を吐いた。

「伊賀者の正体は知れたのか」

「一人はわかりましてございまする。御広敷伊賀者の弟でございました」

あえて馬場は御広敷伊賀者の名前を伏せた。

「藤川義右衛門に誘われた者か。もう一人は」

吉宗も御広敷伊賀者の名前は訊かず、残った伊賀者のことを問うた。

「懐に残されておりました手裏剣、握っておりました忍刀の形状から、伊賀の郷の者ではないかと」

馬場が推測を述べた。

「そやつらは、なぜ江戸におる。躬に敵対したのだぞ。さっさと江戸を離れ、目立たぬようにどこかの山なりで息を殺して過ごすべきだろう」

将軍の権威はどこにでも及ぶ。

「領内に躬に刃向かった者が入ったらしい。捕まえて差し出せ。場合によっては殺しても構わぬ」

吉宗がそう言えば、どこの大名でも領内を調べ尽くす。

たとえ朝廷、公家といえども吉宗の求めには応じなければならない。朝廷の費《つい》え、公家の禄はすべて幕府から出ている。

「嫌でおじゃる」

などと拒んだ途端に、その公家は禄を召しあげられる。

吉宗に睨まれれば、他人目のないところで密かに生きるしかなくなる。

これを藤川義右衛門は無視した。藤川義右衛門は逃げず、ぎゃくに江戸に潜んでいる。

「人の多いところこそ、潜むには適しておりまする」

馬場が忍としての意見を口にした。

「…………」

不機嫌そうな表情で、吉宗が黙った。

「どのくらいかかる」

気を取り直した吉宗が紬の居所を探すまでの期間を訊いた。

「わかりかねまする」

申しわけなさそうに、馬場が頭を垂れた。

「まったくなにもわかっておりませせぬ」

「……急げ」

額を畳に押しつけて詫びる馬場を、吉宗は送り出した。

「手が足りぬ」

吉宗は歯がみをした。


竹姫に慰められた紅が、帰途に就いていた。

「…………」

紅だけでなく、供をしている袖も入江無手斎も黙っている。

常盤《ときわ》橋御門を出て、廓内から離れたところで、入江無手斎が無造作に左手を突き出して、飛来した矢を摑んだ。

「袖どの、奥方さまを」

「はっ」

入江無手斎の指示に袖が応じた。

「つっ」

大名屋敷の松の木から忍が跳んできた。

「機嫌が悪い。手加減を期待するな」

宿敵浅山鬼伝斎《あさやまきでんさい》との戦いで、右手の力を失った入江無手斎は、片手でも取り扱いしやすいようにと、脇差だけしか持ち歩いていない。

左手だけで器用に鯉口《こいぐち》を切り、脇差を抜いた入江無手斎が跳びかかってきた忍を両断した。

「……はっ」

それを隙と見た別の忍の手裏剣が続けざまに紅を襲った。

「…………」

無言で袖がそのすべてを着物の袖を振り回して落とした。

「三人か……残りは二人」

手裏剣の飛んできた方向から、入江無手斎が敵の数を把握した。

「左手から行く。袖どのは、そのまま」

「承知」

入江無手斎が駆け出し、袖が紅の前に立ち塞がった。

「しゃっ」

近づいた入江無手斎目がけて手裏剣が撃たれた。

「当たらぬ」

脇差で振り払うこともせず、そのすべてを入江無手斎は、走りながら身体をひねることでかわした。

「化けものめ」

怖れた忍が、忍刀を抜いて斬りかかってきた。

「手裏剣より遅い斬撃が届くはずなかろうが」

空を斬らせつつ間合いに入った入江無手斎が、脇差で突いた。

「がっ」

二人目が死んだ。

「あと一人」

刺さった脇差を抜くために、忍の身体を蹴飛ばして入江無手斎が振り向いた。

「…………」

紅に向けて手裏剣を撃ち続けていた忍が、身を翻して逃げた。

「ちっ」

いかに入江無手斎が常人離れしているとはいえ、本気で逃げる忍の疾《はや》さには勝てない。

舌打ちした入江無手斎が、あきらめた。

「ご無事か、奥方さま」

「はい」

安否を問われた紅が、顔色《がんしょく》をなくしながらも気丈にうなずいて見せた。

「お見事だ。やはり聡四郎には、もったいないな」

入江無手斎が雰囲気を和《なご》ませようとした。

「…………」

聡四郎の名前を聞いた紅が俯《うつむ》いた。

「御師《おし》」

袖が非難するような目を向けた。

「申しわけない」

入江無手斎がうなだれた。

過ぎたる妻が娘を攫われるはずはない。入江無手斎の一言が紅の心を傷つけたのであった。

「戻りましょう、奥方さま。日が暮れまする」

袖が抱きかかえるようにして、紅を促した。

「藤川義右衛門と申したかの。生きてきて、これほど儂は怒ったことはない。今、儂は人をやめる」

一歩遅れた入江無手斎が、呪うような声を出した。

三

逃げ出した忍を村垣が追った。

「恐ろしいの」

村垣が屋根の上を飛ぶようにしながら、独りごちた。

「とても人とは思えぬ」

入江無手斎の腕を村垣は初めて目の当たりにした。

「藤川も愚かだ。起こしてはならぬ祟《たた》り神に手を出した」

村垣は吉宗の怒りもわかっている。天下を統《す》べる将軍は、何人《なんぴと》にも侮《あなど》られてはならないのだ。その侵すべからざる権威を藤川義右衛門は汚し、そして戦ってはならぬ剣鬼を敵にした。

「なんとしても、紬さまを取り戻さねばならぬ」

御庭之者の失態でもあった。

かつて藤川義右衛門は吉宗と竹姫を襲うため、江戸城へ忍びこんだ。それを排除したのは村垣ら御庭之者と、御広敷伊賀者であった。

藤川義右衛門は配下のほとんどを失い、敗退した。

「あのとき、なんとしても藤川を追い詰めて、片付けておくべきであった」

吉宗の警固に穴があると教えられたも同じであったため、そちらを塞ぐことに気を取られ、穴を開けた道具のことを後回しにしてしまった。

その付けが、今来ていた。

「庭之者の矜持にかけても、藤川どもを滅する」

村垣も肚《はら》を固めていた。

忍は逃げるときでも背後を気にしている。

唯一生き延びた忍は、ときどき立ち止まっては、後ろを窺う。

「…………」

それを村垣は息を殺してやり過ごした。

「……よし」

浅草まで逃げて来た忍が、大川沿いの民家の屋根で最後の確認をおこない、満足してうなずいた。

「あそこか」

屋根の一部をずらしてなかへ消えた忍の姿を村垣は確認した。

「これ以上近づくのは危険だな」

忍は獣のような用心をする。巣を安全に保つために、周囲への警戒を怠ることはなかった。

　紬の居場所を確定したい、あるいは敵の戦力を数えておきたい、襲撃のために内部を見ておきたいなどの欲を出せば、かならず敵に知られることになる。

　村垣は応援を求めるべく、江戸城へと踵《きびす》を返した。


　戻ってきた忍を藤川義右衛門が迎えた。

「しくじったか」

「申しわけございませぬ。あまりに強すぎましてございまする」

　嘆息した藤川義右衛門に忍が詫びた。

「誰にやられた」

「老剣客でございまする」

「一人にか」

「はい」

藤川義右衛門の確認に、忍が首肯した。

「庭之者は出てこなかったのか」

「出て参りませなんだ」

「ちっ」

忍の答えを聞いた藤川義右衛門が、急いで屋根の上へと登った。

「……気配はない」

「頭領……」

「ここを捨てる」

藤川義右衛門の行動に、忍が怪訝な顔をした。

「なにをっ」

「それは……」

宣言した藤川義右衛門に、配下の忍たちが驚愕した。

「庭之者が出てこなかったのはおかしい。あの吉宗が、紅の報告を聞いて、何の手も打たないはずはない。少なくとも紅に陰供くらいは付けるであろう。もし、帰途に紅が襲われたら、吉宗は終わる。腹心を遠方に出しておきながら、その家族を護り切れなかったとなれば、誰も遠国勤務を引き受けなくなる。それだけではない。寵臣たちからも見捨てられる。己が出世のためならば、家族を切り捨ててもという者ならば我慢もしようが、水城は違うぞ。あやつは己の利では動かぬ。もし、紅まで傷ついていたら、旗本の身分を捨てることくらいはする。寵臣に見捨てられた将軍なんぞその改革とやらに、誰が従うものか」

藤川義右衛門が苦く頬をゆがめた。

「そのために、帰途を襲わせたのだが……」

「…………」

吉宗の判断を見るためだけに仲間を切り捨てる。その非情さに、生き延びた忍が絶句した。

「準備はできましてござる」

脱出の用意が整ったと、配下が伝えてきた。

「姫はどうだ」

「おとなしくなされております な。先ほど乳母《うば》の乳をたらふく飲んだことで満足なされたのでしょう」

「どちらに似たのか知らぬが、豪儀《ごうぎ》なことよ。で、始末は」

「すでに」

浮かべていた苦笑を消して尋ねた藤川義右衛門に、配下の忍が冷徹な返答をした。

「あちらでも乳母を探さねばならぬな」

「乳母ならば、すぐに見つかりましょう。子ができたがゆえに、生活が苦しくなった女など、どこにでもおりまする」

藤川義右衛門の発言に、配下の忍が応じた。

「しっかり、外から見えぬように包《くる》めよ。男ばかりが赤子を抱いているのは、不審に思われる」

乳母のことはすんだと藤川義右衛門が、別の配下に指図した。

「わかっておりまする。布で包んで籐籠《とうかご》に入れ、上から葉物をかぶせて背負いまする」

「よし。では出るぞ」

うなずいた藤川義右衛門が合図をした。

紅と紬、入江無手斎の帰宅を、播磨麻兵衛がじりじりとしながら待っていた。

「ようやくお戻りか」

紅たちが戻ってきたのを見て、播磨麻兵衛がため息を吐いた。

「居場所が知れたか、姫さまの」

すぐに入江無手斎が理解した。

「どこっ」

播磨麻兵衛の胸ぐらを摑まんばかりに、紅が詰め寄った。

「入江どの」

話していいのかと播磨麻兵衛が入江無手斎に確認した。

「かまわぬ。いや、隠してはいかぬ。奥方さまの気性《きしょう》じゃ、蚊帳《かや》の外に置いたら、一人で突っ走りかねぬ」

入江無手斎が首を横に振った。

「なるほど」

播磨麻兵衛が血相を変えている紅を見た。

「そもそも母親は、子供のためなら命を捨てられるもの」

袖も首を縦に振った。

「お話しいたす。奥方さま、落ち着かれよ」

すっと播磨麻兵衛が紅との間合いを取った。

「あっ……」

離れた播磨麻兵衛との距離を摑もうとしたのか、紅が手を伸ばした。

「場所は浅草、大川沿いの民家でござる」

「そこに紬がいるの」

「はい。少なくとも紬さまの匂いはそこに」

また近づこうとした紅を抑えるように、播磨麻兵衛が告げた。

「黒でございますか」

袖が気づいた。

「ああ、念のため、黒は残してきてある」

播磨麻兵衛が認めた。

「急いだほうがいいが……」

入江無手斎が、全員の顔を見た。

「あたしも行くわ」

紅が伝法《でんぽう》な口調で宣言した。

「それは認められぬ」

険しい声で、入江無手斎が断じた。

「なぜっ。攫《さら》われた娘を母親が取り返しに行かなくてどうするの」

紅が入江無手斎に嚙みついた。

「これ以上、戦力を減らすわけにもいかぬ」

「戦力を減らす……」

入江無手斎の言葉に、紅が怪訝な顔をした。

「そなたは戦えまい」

「戦うわ。母は子のためなら夜叉《やしゃ》になれる」

言った入江無手斎に紅が反論した。

「吾が子の前で人を殺せると」

「……それは」

入江無手斎に言われた紅が息を呑んだ。

「新しい命を産んだ母親が、命を絶つ。それを姫さまに見られてもよいのだな」

「…………」

念を押された紅が、言葉を失った。

「そなたが殺すのを躊躇《ちゆうちよ》したただけで、我らの誰かが死ぬ。あるいはふたたび姫さまが人質として使われる。そうなったとき、そなたは己を許せるのか」

家臣ではなく、師匠として、いや、戦いを繰り返してきた先達《せんだつ》としての口調で、入江無手斎が紅に現実を突きつけた。

「足手まといじゃ」

「…………」

がっくりと紅が膝を突いた。

「袖、わかっておるの」

今度は播磨麻兵衛が、袖に釘を刺した。

「……はい」

唇を嚙みしめて、袖がうなずいた。

「そなたの役目は、奥方さまを護り切ることだ」

「承知いたしておりまする」

袖が悔しそうに目を閉じた。

「待って」

紅が割って入った。

「二人では、足りないわ。袖も連れて行って」

「それはできぬ。先ほどのようなことがあっては困る」

紅の要求を、入江無手斎が拒んだ。

「わかっているわ。あたしは、実家に帰る」

「奥方さまの実家……」

告げた紅に、播磨麻兵衛が首をかしげた。

「おぬしは知らぬか。奥方さまの実家は、相模屋伝兵衛《でんひょうえ》という江戸一の口入れ屋じゃ」

「口入れ屋でござるか、ならば」

入江無手斎の説明に、播磨麻兵衛が納得した。

「実家なら、いくらでも人はいるから」

己の身は安全だと紅が言った。

「人が多いだけで、忍は嫌がりますな。正体を見られるかも知れませんし、数はやはり力でございますし」

播磨麻兵衛が賛成した。

「ならば、急ごう。姫さまがお腹をすかされているだろう」

入江無手斎が、紅を相模屋まで送って、すぐに浅草へ回ると述べた。

相模屋伝兵衛は、不意に来た娘から状況を教えられ、顔色をなくした。

「紬さまが攫われ、紅さまが襲われた」

吾が娘には違いないが、紅は吉宗の養女となっている。身分からいけば、親子でも同席はできない。どころか、相模屋伝兵衛は土間で平伏しなければならなくなる。

もっとも、ここにそのような面倒を言い出す者はいない。

「誰か、品川まで走りな」

「伊之介《いのすけ》の小父貴《おじき》を呼んでくるんでござんすね」

相模屋伝兵衛が、誰という前に若い男衆が合点して走り出した。

伊之介は、相模屋の番頭であったが、のれん分けを望まず、品川で茶店を開いたという変わり者である。紅の幼いころからを知っている関係で、聡四郎と大宮玄馬が初めての旅をしたときに、先達役として同行しており、水城家との交流も深い。

「木遣《きや》りの連中と浪人者を集めろ」

材木を手鉤で扱う木遣りは、力強く気も荒い。

「へい」

別の男衆が相模屋を出ていった。

「では、奥方さまを頼む」

「紬さまを頼みまする」

出撃すると手をあげた入江無手斎に、相模屋伝兵衛が深く頭をさげた。

「お願い」

紅が両手を合わせて、一同を見送った。

四

江戸城へ急ぎ駆け戻った村垣は、吉宗へ報告をした。

「……そうか。やはり紅を狙ってきたか。憎い奴よの、藤川は」

吉宗が苦々しい顔をした。

「源左」

「はっ」

険しい声の吉宗に、村垣が手を突いた。

「藤川一党を滅せよ。紬はかならず、無事に取り返せ」

「お任せを」

吉宗の命に、村垣が承諾した。

「馬場だけ残せばよい。残りは連れていけ」

「それはっ……」

「いかに藤川でも、もう躬を狙うようなまねはすまい。それに伊賀者もおる」

「ですがっ」

「さっさとすませて帰ってくればよいだけだろうが。藤川が躬のもとへ刃を届かせる前にな」

承諾できない村垣を、吉宗が押さえつけた。

「わかったら、行け」

「ただちに」

手を振られた村垣が消えた。

「上様、よろしいので」

「藤川も馬鹿ではない。同じ手は使ってこぬ。それに伊賀者も必死であろう。次、躬の前に愚か者が姿を見せたら、伊賀組は解体じゃからな。役立たずを抱えていられるほど、幕府に余裕はない」

加納遠江守の懸念を吉宗が一蹴《いっしゅう》した。

浅草に到着したのは、わずかに入江無手斎らが早かった。

「……………」

音のしない笛を播磨麻兵衛が吹いた。

「犬笛か」

「よくご存じで」

入江無手斎が当てたことに、播磨麻兵衛が驚いた。

「廻国《かいこく》修行をやると、いろいろなものを見聞きするからな。良い、悪いの区別なくな」

「なるほど……来た」

苦笑する入江無手斎に感心した播磨麻兵衛の足下に、黒がまとわりついた。

「日が落ちると、黒は見にくいな」

入江無手斎が黒の背中を撫でた。

「それもあって、忍が使う犬は、黒犬が多いのでございますよ」

播磨麻兵衛が黒に褒美を与えた。

「さて、黒がいたということは、紬さまは移動していないと考えてよろしかろうかと」

「では、早速討ちこもう」

播磨麻兵衛の言葉に、入江無手斎が決断した。

「儂は正面から行く」

「では、わたくしは上から参りましょう」

「裏から」

入江無手斎に続いて、播磨麻兵衛、袖がそれぞれの担当を口にした。

「一気呵成《かせい》じゃ」

「承知」

鯉口を切った入江無手斎に、二人が首を縦に振った。

庶民の家は、格子の引き戸が多い。藤川一党が忍んでいる民家の戸も、一寸（約三センチメートル）角の枠に、五分（約一・五センチメートル）角の桟《さん》が入っている、ありきたりのものであった。

「……ぬん」

一瞬気合いを溜めた入江無手斎が脇差を一閃、桟をまとめて斬り飛ばした。

「…………」

無言で入江無手斎が表から侵入した。

「入られたか」

屋根の上からそれを見た播磨麻兵衛が、袖へ合図を送って、屋根の仕掛けを外した。

「巧妙だが、瓦を全部葺き替える余裕はなかったようだな。わずかに色が違う」

すっと播磨麻兵衛が、二階の天井裏へと降りた。

「叔父御の合図……はっ」

日が暮れても人影が動けば、忍にはわかる。合図を見た袖が、裏口を蹴り破った。

「すべて殺す」

袖が、裏にも逃げ道はないかと殺気を解放した。

建物に入った瞬間、入江無手斎はここが無人だと気づいた。

「誰もおらぬ」

「逃げたか」

「どういうこと」

同時に播磨麻兵衛も袖も、人の気配がないことを悟った。

「入江どの」

「麻兵衛どの」

「御師さま」

播磨麻兵衛、入江無手斎、袖が一つの座敷に集まった。

「さっきまで人がいたのはまちがいございませぬ」

空き家と少しでも人が生活した家とでは、どれだけ痕跡を消そうとも差が生まれる。播磨麻兵衛が、ここで間違ってはいないと告げた。

「黒を」

「お待ちあれ」

入江無手斎の要求に、播磨麻兵衛がふたたび犬笛を吹いた。

人には聞こえない音が犬笛から発せられ、黒が駆け寄ってきた。

「黒、嗅げ」

播磨麻兵衛が右手を小さく振った。

「…………」

命じられた黒が鼻を鳴らして、動き回った。

「そこか」

奥の部屋の中央で黒が足を止め、播磨麻兵衛を見つめて、尾を振った。

「まちがいござらぬ。そこに姫さまはおられた」

播磨麻兵衛が断言した。

「となると、気づかれて逃げ出したのか、あるいは別のところに最初から移るつもりだったか」

入江無手斎が眉をひそめた。

「黒、追え」

先ほどとは違った手つきで、播磨麻兵衛が黒に指示を出した。

「……………」

裏口へ向かいかけた黒が、廊下に出たところで戸惑い、何度も同じところの匂いを嗅いだ。

「匂いを消された」

播磨麻兵衛が唇を噛んだ。

「黒のことが知られたということか」

「忍は匂いも嫌いますゆえ、そうとは言えませぬが……」

入江無手斎の確認に、播磨麻兵衛が自信なげに首を横に振った。

「御師さま」

黙っていた袖が、小さな声で呼びかけた。

「なんじゃ……囲まれている」

黒に気を取られていた入江無手斎が、言われて目つきを変えた。

「隠れておれ、黒」

手裏剣を撃つ体勢を取りながら、播磨麻兵衛が黒に指示を出した。


御庭之者が浅草に着いたのは、入江無手斎たちからわずかに遅れていた。

「止まれ」

先頭を走っていた御庭之者最古参の川村弥五左衛門《かわむらやござえもん》が、警告を発した。

「どうした」

後ろに従っていた村垣が問うた。

「表の戸が破られている」

「……まさに」

川村の指摘を村垣も認めた。

「逃げ出すのに、わざわざ表の戸を潰していく奴はおらぬな」

藪田定八《やぶたじようはち》が緊張した。

「万五郎《まんごろう》」

「わかった」

川村に呼ばれた中村万五郎《なかむら》が、うなずくなり用水桶や隣家の庇《ひさし》を使って、屋根の上へあがった。

「…………」

屋根の上から中村が手を左右に振った。

「上もやられているようだな」

合図を見た川村が苦い顔をした。

「どうする」

「行くしかあるまい。紬さまの安否がかかっている」

和多田孫七《わただまごしち》の問いに、川村が告げた。

「承知した。拙者は裏へ回ろう」

うなずいた和多田が、走っていった。

「行くぞ」

紀州家のころから、藩主側近の玉込め役として、長く組んでいる。一々、突入の機を合わさなくとも、呼吸で合わせてくる。

川村が村垣を促した。

「うむ」

村垣が手裏剣を手に握りこんだ。

すっと入江無手斎が腰を落とした。

「来るぞ」

「はっ」

「はい」

播磨麻兵衛が手裏剣を天井へ、袖が裏口の方へと、続けざまに撃った。

「ふん」

そして入江無手斎が、飛来した手裏剣すべてを脇差で打ち落とした。

「罠だったか。立ち去ったと見せて、取り囲んで襲うとは、やはり姑息《こそく》よな、藤川義右衛門」

入江無手斎が怒った。

「…………」

明かりのない闇の気配が動揺した。

「袖、麻兵衛」

「おう」

「…………」

入江無手斎の声で、袖と播磨麻兵衛が忍刀を手に襲いかかった。

「ちっ」

「なんと」

二人の斬撃を和多田と中村が受け止めた。

「しばし、任せる」

二人が十分対抗できているのを確認した入江無手斎が、脇差をだらりと垂らしたままの姿勢で前へ出た。

「ま、待ってくれ」

村垣が制止の声をあげた。

「今更、命乞いか。遅すぎるわ」

怒り心頭の入江無手斎が、村垣の願いを無視して飛びかかろうとした。

「上様の命を受けた者じゃ」

村垣が叫ぶようにして続けた。

「なんだと」

入江無手斎が足を止めた。が、脇差を持つ手を前に突きだし、いつでも斬れると油断を見せてはいない。

「水城どのとも面識がある。拙者、御広敷伊賀者格庭之者、村垣源左衛門。他の者も同じにござる」

村垣が名乗りながら、手にしていた手裏剣を懐へと戻した。

「同じく川村弥五左衛門」

川村も続いた。

「同、和多田孫七」

「同じく藪田定八」

「同じく中村万五郎」

御庭之者が名乗って、武器を引いた。

「水城家家臣、入江無手斎でござる」

「同じく播磨麻兵衛、これなる女は姪の袖」

相手は直臣《じきしん》である。入江無手斎と播磨麻兵衛がていねいな口調で応じた。

「ここが藤川の隠れ家だと、お気づきであったか」

村垣が問うた。

「調べましてござる」

黒に後をつけさせたと、播磨麻兵衛は言わなかった。犬や鳥などの動物は、忍にとって切り札となる、いわば奥の手なのだ。それを吉宗の手の者が相手とはいえ、わざわざ披露する意味はなかった。

「とりあえず、藤川たちの行方を探らねばなるまい」

入江無手斎が口を開いた。

「たしかに」

「いかにも」

播磨麻兵衛と村垣が同意した。

「手分けして、家のなか、周囲を探りましょうぞ」

川村の言葉で、皆が散った。

入江無手斎は居間と思しき部屋に陣取り、残されたものがいないかどうかを調べていた。

「入江どの」

播磨麻兵衛が苦い顔で現れた。

「どうした」

「黒が見つけましてござる。床下を」

「……床下か。わかった。庭之者を呼んで確かめよう。黒は……」

黒のことを御庭之者に教えなかった理由を、入江無手斎は十分に理解していた。

「すでに周りの匂いを探るよう、敷地から出してござる。後はお願いいたす」

播磨麻兵衛が離れた。

「わかった。どれ」

見送った入江無手斎が、脇差から小柄《こづか》を外し、畳と畳の隙間に差しこんだ。

「片手ではきついな、畳は。どなたかおられぬか」

そこで入江無手斎が声を出した。

「なんでござろう」

村垣が顔を出した。

「床下をあらためようとしたのでございますが……」

「……なるほど」

入江無手斎の様子から、言いたいことを読んだ村垣が、代わって小柄をこじた。

「むっ」

畳が少し持ちあがったところに、手をかけて村垣が一気に動かした。

「……なんとっ」

床板を外した村垣が、顔をゆがめた。

「なにが……ひどいことを」

覗きこんだ入江無手斎も表情を変えた。

「引き上げまする」

「お手伝いを」

言った村垣に入江無手斎が応じた。

「仲間割れでござろうか」

畳の上に寝かされた女の死体を見て、入江無手斎が問うた。

「……違うようでござる。忍の女は、これほど足が柔らかくはござらぬ」

死体の臑を触っていた村垣が首を横に振った。

「忍の技ではなく、女としての閨技《ねやわざ》だけを仕込まれる忍もおりまするが、それでもそれに向いているかどうかを判別するまでの期間は、足腰を鍛えまする。忍の基本は走ること、跳ぶことでござれば」

「その女には、足を鍛えた痕跡がないと」

「ございませぬ」

確認した入江無手斎に、村垣がうなずいた。

「許せよ」

あらためて女に手を合わせた村垣が、衣類を剝《は》ぎにかかった。

「…………」

入江無手斎は非難することなく、村垣のやることを見守った。

「身形は、ごく普通の木綿物。長襦袢《ながじゅばん》は何度も水を潜っているのか、かなりくたびれている……これはっ」

全裸にした途端、村垣が声を漏らした。

「いかがなされた」

「…………」

問うた入江無手斎に、無言で村垣が女の大きく膨《ふく》らんだ胸を押した。

「乳か」

死んだ女の乳首から、白い液体が出た。

「長襦袢の裏に手ぬぐいが付けられていたのは、乳の漏れを吸わせるためか」

男にとって経験のないことだけに、わかりにくい。

「袖に訊きましょう」

入江無手斎が、袖を呼んだ。

「……女が殺されている」

居間に来た袖が無表情に言った。

「見てくれぬか。この女の胸から乳が出ている」

「わかりましてございまする」

村垣からの依頼に、袖が応じた。

「…………」

無言で袖が、女の死体を確かめた。

口のなかから、最後は燭台《しょくだい》を近づけて女の隠し所まで袖は入念に調べた。

「まちがいありませぬ。この女は子を産んだばかりでございましょう」

袖が、女に剥いだ衣類をかぶせた。

「ということは」

「おそらく、この女は紬さまに乳を与えるために雇われたものかと」

確かめた入江無手斎に、袖が告げた。

「逃げ出すのに邪魔になったか、外道《げどう》め」

入江無手斎が、吐き捨てた。

「乳母を雇っていたということは、紬さまを狙っての策であったと」

「であろうな」

村垣の意見に、川村が同意した。

いつの間にか、居間に一同が勢揃いしていた。

「乳母がいたということは、ここに姫さまがおられたのは確かだ」

川村が述べた。

「他になにかあったか」

「台所の痕跡から考えるに、ここには、六人がいたものと思われる」

和多田が答えた。

「乳母のぶんを引けば、五人か」

「二人討ち果たしたゆえ、残りは三人でござろう」

入江無手斎が語った。

「他には」

「やはり知っていたな……」

反応せずに流した川村を見た入江無手斎が、口のなかでつぶやいた。

「裏手の川に船が舫《もや》ってあったそうだ」

隣近所へ聞きこみをかけたらしい藪田が口を開いた。

「川を使ったか」

「まずいな」

一同が眉間にしわを寄せた。

大川は下れば江戸湾、のぼれば秩父《ちちぶ》にまで通じている。また、多くの支流を持っているため、船を使われれば、追うのは非常に困難になった。

「手が足りぬ」

ここにいる者、合わせて八人。すべてを使っても流域全部を調べるとなれば、年の単位で時間がかかった。

「町奉行所を使われてはいかがか」

江戸の町のことならば、町奉行所の役人がもっともよく知っている。

「それはできぬ。上様のお名にかかわる」

入江無手斎の提案を、川村が却下した。

「…………」

紬がすさまじい目で川村を睨んだ。紬にしてみれば、馴染みのない吉宗よりも、生まれたときから護っている紬のほうが大事なのだ。

「……違いますぞ。紬さまを探していただくのではござらぬ。この女を殺して逃げた者を町奉行所に探させてはと申しておりまする」

落ち着くようにと袖へ目配せした入江無手斎が言った。

「なるほど。それはあるか」

村垣が納得した。

「そちらの手配は、我らがいたす。貴殿らはお戻りあれ」

これ以上の口出しはするなと、川村が暗に告げた。

「……なにをっ」

「袖」

我慢しきれなくなった袖が、川村に摑みかかろうとするのを播磨麻兵衛が押さえた。

「我らには我らのやりようがある」

播磨麻兵衛が袖の耳にささやいた。

「………………」

袖が唇を嚙みしめながら引いた。

「では、失礼いたそう」

入江無手斎が、袖と播磨麻兵衛を促してその場を去った。

第五章　将軍からの書状

一

町奉行を動かすため、村垣は一人その場から江戸城へ戻り、御休息の間で寝もやらず待っている吉宗へ報告した。

「逃げられたか」

「申しわけございませぬ」

ため息を吐いた吉宗に村垣が詫びた。

「大川沿いか……たしかに町奉行の管轄地域が多いな」

「お願いできましょうや」

「わかった。越前守《えちぜんのかみ》に申しつけよう」

町奉行の手を借りたいという村垣の願いを吉宗が認めた。

「畏れ入りまする」

礼を述べた村垣が、深く一礼して去っていった。

「遠江守、越前守を明日、朝五つ（午前八時ごろ）に呼べ」

すでに日は暮れている。今から将軍が町奉行を呼び出すなどをすれば、たちまちなにかがあったと報せることになる。

「承知いたしました」

加納遠江守が受けた。

「城中の密事漏れをいつかは糺《ただ》さねばならぬな」

普段と違った行動は、衆目を引く。将軍が極秘にと命じたところで、それは当該の人物にしか効果がなかった。状況を見ていた他の者の興味までは防げない。

「ようやく、小姓や小納戸がおとなしくなった」

「はい」

吉宗の言葉に、加納遠江守がうなずいた。

小姓や小納戸など、将軍の側近くで仕える者は、その役目に就く前に、見聞きしたことをたとえ親子、夫婦でも漏らさないという誓詞《せいし》を入れる。だが、それも泰平が長くなったことで、規律が緩み、将軍の言動や老中の進言などを外に漏らすようになっていた。もちろん、相応の対価をもらってのことだが、それだけに歯止めがきかなくなる。金さえもらえば、なんでも話してしまう。

幕政改革という反発を覚悟の大鉈《おおなた》を振るおうとしている吉宗にとって、情報の漏洩は見過ごせない大事である。密事が漏れれば、吉宗が手を出す前に、対応をされてしまうことにつながる。

吉宗は、家柄、経験にかかわらず、御休息の間であったことを、少しでも他人に話した者は厳罰に処すことで、小姓、小納戸の意識を引き締めた。

その効果が最近、出てきている。

将軍に睨まれれば、三河以来の譜代名門といえども、家を潰される。主君にはそれをするだけの権があり、臣が逆らえば謀叛になる。

小姓、小納戸などの将軍身近で役目を果たす者は、目に付くだけに立身しやすい代わりに、怒らせるという危険度も高い。そのことにようやく小姓、小納戸が気づいていた。

「次は、お城坊主どもの口の軽さをどうにかせねばならぬ」

吉宗が頰をゆがめた。

「あれはたしかに、酷《ひど》うございまする」

加納遠江守も同じ思いだと言った。

お城坊主は、城中の雑用一切を受け持つ。大名や役人の案内、城中での連絡、湯茶の接待、厠の管理など、その権能は幅広い。

大名や役人もお城坊主の助けなしには、茶も飲めず、弁当も使えず、仕事もまともにできない。

また、その権能の都合上、御休息の間、大奥、目付部屋などごく一部以外の場所には、自由に出入りできた。老中以外は若年寄、目付でさえ、足を踏み入れることが許されない上《かみ》の御用部屋にも常駐している。

当然、いろいろな機密に触れる。

その機密をお城坊主は、金で売っていた。

もともと、お城坊主は二十俵二人扶持からと薄禄であった。それではまともに食べていけないため、内職代わりに城中の出来事を売っている。

「とはいえ、生活のためであるからの。禁じるだけではなくなるまい」

己が紀州家の厄介者《やっかいもの》で、家臣のもとに預けられていたこともあり、吉宗は金のない辛さをよく知っている。

人は取り締まるだけでは、言うことを聞かないとわかっていた。

「かといって坊主どもの禄を上げてやれば、同心たちも黙ってはいまい」

伊賀者同心から町奉行所の同心まで、戦場では足軽《あしがる》に相当する者たちの禄は薄い。物価の高い江戸で、人並みの生活をさせてやるとなれば、今の倍とはいわずとも、一倍半くらいはやらなければならない。それを幕府すべての同心にとなると、とてつもない金額になる。なにより、それらへの加増だけで、他を手当てしないと、もらえなかった者たちの不満があふれる。

「なにかしらを考えねばならぬが、今は、それどころではない」

「さようでございまする。今、優先すべきは紬さまのご無事」

頭を左右に振った吉宗に、加納遠江守が首肯した。

「あと……」

少しだけためらうような素振りをしながら、吉宗が続けた。

「聡四郎を急ぎ呼び戻す。御用飛脚を京都所司代、大坂城代の両方へ出せ」

御用飛脚とは江戸と京、大坂を結ぶ幕府の飛脚である。江戸と京を、独特な鈴の音を鳴らしながら三日ほどで走る。夜間でも、六郷《ろくごう》の渡しであろうが、箱根《はこね》の関所であろうが、御用飛脚は止められることなく通過できた。

「はっ」

吉宗の指図に、加納遠江守が手を突いた。

浅草で空振りをした入江無手斎たちは、悄然《しようぜん》とした様子で、相模屋へと帰還した。

「詫びようもござらぬ」

飛び出すようにして出迎えた紅に、入江無手斎が頭を垂れた。

「奥方さま……」

「恥じ入りまする」

泣きそうな袖に播磨麻兵衛も力なくうなだれた。

「…………」

紅が崩れ落ちた。

「奥方さま」

「紅っ」

あわてて袖が紅を支え、相模屋伝兵衛が親娘《おやこ》に戻って駆け寄った。

「医者を呼べ」

入江無手斎が、叫んだ。

相模屋出入りの医師が呼ばれた。

「わたくしでは……」

「奥医師を派遣していただくまでに、なにかあったら……」

患者が紅だと知った医師が尻込みするのを、入江無手斎が脅すようにして診させた。

「かなりのご心労のようでございまする。心の臓が弱くなっておりますれば、安静になさり、少しでもお休みになられることでございまする」

医師が診断を下し、眠り薬を処方した。

「ありがとうございました。お礼は明日にでも」

医師への謝礼は、当日ではなく、後日の場合が多い。それもいくらという請求を受けてのものではなく、僧侶のお布施と同様、患者の気持ち次第であった。

「お気になさらず」

疲れた顔色で、医師が帰っていった。

「……入江さま、すべてお話をいただきましょう」

医師を見送った相模屋伝兵衛が真剣な顔つきで、入江無手斎に要求した。

「こうなった以上は、隠しごとはいたさぬ」

入江無手斎がうなずいた。

「ことは、本郷御弓町の屋敷に、無頼どもが討ち入って来ようとしたところから
……」

最初から入江無手斎が語った。

「伊賀者崩れが、紬さまを攫った」

「まちがいござらぬ」

確かめた相模屋伝兵衛に、入江無手斎が認めた。

「その後を犬がつけ、そちらの播磨さまが、浅草の大川沿いの家を突き止めた」

「さようでござる」

問われた播磨麻兵衛が、首肯した。

「しかし、ふたたびそこへ向かったときにはもぬけの殻で、代わって上様のお手の者方が、来られた。そこで家を調べると女が殺されており、紬さまは船でどこかへ移された後だった」

相模屋伝兵衛が経緯を把握した。

「情けない」

入江無手斎が頭を垂れた。

「まず、水城さまにはお報せをなさいましたか」

「いや、聡四郎は御用で東海道をのぼっておる。まだ、報せは出しておらぬ」

「なにをなさってお出でか。紬さま、娘御さまのことでございますぞ。父親に報さぬなどありますまい」

「失念していた」

相模屋伝兵衛に叱られた入江無手斎が愕然《がくぜん》とした。

「たしかに、紬さまを取り戻さなければという思いで頭が一杯だったのでしょうが、それでも入江さまが気づいてくださらねばなりませぬ」

「そうであった。年寄り役でありながら、まことに情けない」

鋭い指摘に、入江無手斎がため息を吐いた。

「水城さまは、今どこに」

「麻兵衛どの」

相模屋伝兵衛に訊かれた入江無手斎が、このなかで最後に聡四郎と会った播磨麻兵衛へ話を振った。

「最後にお目にかかったのは、水口《みなくち》の近くでございました。そのあと、京へ行かれると仰せでござった」

「京……伊之介さん」

「へい」

黙って控えていた伊之介が応じた。

「足の速いのを一人、京へやっておくれな」

「承知。では、早速手配を」

相模屋伝兵衛に頼まれた伊之介が、立ち上がった。

「惣五郎《そうごろう》」

「……御用で」

続けて相模屋伝兵衛が、番頭を呼んだ。

「手空《てす》きはどのくらいいるかい」

「店でたむろしている者が十二人、家で待機しているのが六人で。半日お時間をいただけたら、さらに二十人ほどは手配できます」

惣五郎と呼ばれた壮年の番頭が答えた。

「できるだけ多く集めてくれ。賃金はわたしが出す。一日五百文、赤子連れの怪しげな連中を見つけた者には、一両褒美をくれる。ただし、見つけても絶対手出しはするなと釘を刺せ」

「承知いたしました。で、どこを探せば」

「大川の流域全部だ」

「……それはあまりに広い」

惣五郎が唖然とした。

「他の口入れ屋にも頼んでくれ。相模屋が恩に着ると言ってな」

「よろしいので……」

相模屋伝兵衛の口から恩に着ると出たことに、惣五郎が驚いた。

口入れ屋というのは、顧客の要望に応じて人手を手配するのが仕事である。当然、どれだけいい人材を抱えているかが、店の格や評判になる。相模屋伝兵衛が江戸城出入りになれたのも、抱えている職人の腕や人足の生真面目さのおかげである。

恩に着るとなれば、その貴重な人材を他の口入れ屋から、貸し出してくれと言われたら、応じることになった。当たり前だが、貸し出された職人や人足には、新たな口入れ屋との繋がりができる。

「うちに来ないか」

引き抜きも起こり、応じる者も出てくる。どれだけ手厚くやっていても、何かしらの不満を持つのが人なのだ。

さすがに相模屋が潰れることはないが、独壇場だったところに蟻の一穴が開くことになる。

「紬さまには代えられぬ」

「はい」

決断した相模屋伝兵衛に、惣五郎が納得した。

「相模屋どの」

入江無手斎が口を挟んだ。

「なんでございましょう」

「乳の出る女が、いなくなっていないかどうかも調べてくれ」

問うた相模屋伝兵衛に入江無手斎が述べた。

「……乳の出る女……ああ、紬さまの乳母」

相模屋伝兵衛が理解した。

二

聡四郎は、一夜、ゆっくりと心と身体を休めた。

「さて、随分と世話になった」

「いえ、おもてなしも満足にできませず、申しわけなく思っておりまする」

大坂城代安藤対馬守に挨拶をした後も、旅籠に滞在し続けるわけにはいかなかった。京都所司代松平伊賀守のもとでは、組屋敷に間借りをしていたという前例があるのだ。

「京都所司代と比して、大坂城代に不足でもあると」

役人は面目を大切にする。これから大坂を調べようというのに、大坂城代を怒らせては任に支障が出る。

聡四郎は宿の精算をすませ、多田屋雀右衛門は旅立つ客の見送りに出ていた。

「どうぞ、お気を付けて。また、上方へお出での節でもございましたら、当家を是非ご利用くださいませ」

「そなたも江戸へ来ることがあったなら、屋敷に顔を出してくれるように。本郷御弓町の水城と訊いてもらえば、よい」

多田屋雀右衛門も聡四郎も、ふさわしい口調で別れを告げた。

「参ろうぞ」

「はっ」

聡四郎が歩き出し、大宮玄馬たちが従った。

大坂城は大坂の中心に横たわる台地の先端に建っている。いうまでもなく、大坂に居城を築いたのは豊臣秀吉であり、金銀をふんだんに使った大坂城は、まさに天下人にふさわしい規模と荘厳さを誇っていた。

その大坂城を、冬の陣、夏の陣の二度にわたる城攻めで落とした徳川家康は、その遺構を徹底して破却、その後に二代将軍秀忠が、豊臣秀吉のものを凌駕《りようが》する巨城を築いた。その分、城は高台にあった。

天満橋を過ぎたところで、聡四郎は足を止めた。

「船の上から見たときも大きいと思ったが、近づけば近づくほど圧せられるな」

「まことに」

聡四郎の感想に、大宮玄馬が同意した。

「見ろ、石垣など、江戸城よりも高いぞ」

「おおっ」

追手《おって》門へ向かって歩き出しながら指差した聡四郎に、大宮玄馬が息を呑んだ。

「この城ならば、島津《しまづ》や毛利《もうり》、黒田《くろだ》が攻め寄せてきても、十二分に支えきれましょう」

大宮玄馬が感嘆の声を漏らした。

「そうであればよいがな……」

「殿……」

なんともいえぬ顔の聡四郎に、大宮玄馬が怪訝な顔をした。

「大坂城には頭が多すぎる」

「頭……城代さま以外にも」

「そうだ。大坂城はその巨大さのため、一大名では護りきれぬ」

「それはわかりまする」

堅固《けんご》な城でも、護る人がいなければ、その辺の岩と同じである。槌《つち》で叩く、箍《たが》を打ちこむ、どのようにでもできる。そしてどれほどの巨岩であっても、力を加え続けられれば、かならず割れる。

城も同じであった。どれだけ堅固な大手門でも、油をかけ続けて燃やせば、焼けかった。

落ちる。そんなまねをさせないように兵たちはいる。兵のいない城は、城ではな

「大坂城には、とくに重要な三つの大きな門がある。そこに見える追手門と大和《やまと》へ続く反対側の玉造門、京への出入り口となる京橋門。この三門を大坂城代と定番二人で担当する。もちろん、幕府大番組《おおばんぐみ》もいるが、これらは大坂城代の支配を受けるとはいえ、実質は組頭の指示で動く」

大坂城代も定番も大番組も役人でしかない。己の縄張りに他人が口出しすることを嫌う。

「一枚岩にはならぬと」

「ならぬな。もし、島津と毛利が攻めてくれれば、西の追手門だけに戦わせて、他の連中は、守衛場所を堅持するとして、手伝うまい」

「それでは、勝てる戦も勝てませぬ」

大宮玄馬があきれた。

「それを防ぐには、一人の大名に城を任せればいい。それこそ、摂津《せっつ》、河内《かわち》、和泉《いずみ》の三国を領地として与えれば、大坂城は十全の機能を発揮するだろう。だが、譜代大名に、それだけの者はおらぬ。御一門にもな。それに幕府は、決して御三家や御

一門に大坂城を預けぬ」

「謀叛……西国を支配しての独立を危惧していると」

「ああ」

大宮玄馬の推測を聡四郎が認めた。

「だからこそ、今の形なのだ。たとえ、大坂城代が謀叛を企《たくら》んでも、定番二人が従わぬ。定番二人を同意させても、大番組は無理だ。家族は江戸にいるのだ。大坂まで妻子を連れてくることを許される大坂城代とは違う」

「……急に、この城が脆《もろ》く見えて参りました」

聡四郎に言われた大宮玄馬が嘆息した。


大坂城代は西の丸に役屋敷を与えられている。これは、城主代理ということで、本丸への居住を遠慮させられているからであった。

「道中奉行副役、水城聡四郎でございまする」

「大坂城代、安藤対馬守信友である」

下座で頭を垂れた聡四郎に、安藤対馬守が応じた。

「道中奉行副役とは聞かぬ役目であるが、どのようなものだ」

安藤対馬守がかつて京都所司代松平伊賀守と同じことを訊いてきた。

「道中行き来が支障なくできているかどうかを、確かめるのがお役目でございます
るが、上様よりは、世間というものを見て参れとのお言葉をいただいておりまする」

聡四郎は、吉宗の指図であると口にした。

「そなたに世間を見て参れと」

「はい。今のわたくしでは不十分だと、お考えになられたようでございまする」

念を押した安藤対馬守に、聡四郎は首肯した。

「そなたは、勘定吟味役から御広敷用人を経て、現職であるな」

「さようでございまする」

「上様から、次はというお話をいただいておるか」

「いいえ。はっきりと仰せられたことはございませぬ」

問われた聡四郎が否定した。

「はっきりと……ということは、なにかしらのお考えはおありになるのだな」

安藤対馬守が目を光らせた。

「上様のお考えを、わたくしごときが察するなど、とんでもない」

聡四郎が首を左右に振った。

「……思いあたるものはないか」

しつこく安藤対馬守が尋ねた。

「そういえば……」

思い出したような振りを聡四郎がした。

「なんじゃ」

安藤対馬守が身を乗り出した。

「上様が、道中奉行副役は道中目付であると」

「道中目付……」

聡四郎の言葉に、安藤対馬守が眉をひそめた。

「目付と仰せられたのだな、上様は」

「しかとは申せませぬが……」

確かめる安藤対馬守に、聡四郎が曖昧《あいまい》な返答をした。

「そうか」

安藤対馬守がしばらく黙った。

「ところで、道中目付として、大坂はいかがであったか」

より目つきを険しいものにした安藤対馬守が問うてきた。

「道中奉行副役として、いろいろと見るべきはございました」

聡四郎は目付という言葉を使わなかった。

「どのようなことだ。後学のために聞かせてくれぬか」

安藤対馬守が促した。

「とても対馬守さまにお話しできるようなものではございませんが、無聊《ぶりよう》のお慰みにでもなれば」

聡四郎が話し始めた。

「対馬守さまは新町の遊廓というものをご存じでございましょうか」

「新町ならば、存じている。もちろん、足を踏み入れたことはないが」

尋ねられた安藤対馬守が、念を入れて答えた。

「わたくしは、昨日、旅籠の主の案内で参りました。そこで……」

聡四郎が新町遊廓で見た武家の話をした。

「むっ」

安藤対馬守が詰まった。

「いかがお感じになられましたでしょうや」

「そなたはどう思う」

感想を求めた聡四郎に、安藤対馬守が訊き直した。

「わたくしといたしましては、遊廓のような場所で権威をひけらかすようなまねはよろしくないかと存じまする」

「なるほどの。だが、こうも考えられぬか。武士に対する大坂の者どもの敬意がなさすぎるのが問題だと」

聡四郎の結論に、安藤対馬守がぎゃくのことを言った。

「なるほど。敬意ある態度をとれば、武士が怒ることもないと」

「そうじゃ。武士は無学な町人どもを、教え導くのもお役目の一つである。いわば師匠であると言えよう。師匠に対するには、それなりの敬意が要ると余は考える」

納得した風の聡四郎に、安藤対馬守が重ねた。

「まさに、まさに。ご指導をいただきかたじけのうございました」

聡四郎が礼を述べた。

「いや、礼には及ばぬ。上様の御信任を受けておるのだ、おぬしは。そこいらの武士と同じでは務まるまい」

「胆に銘じまする」

安藤対馬守の言葉に、聡四郎が謝した。

「では、これにて」

「もうよいのか」

安藤対馬守があっさりしすぎているのではないかと、聡四郎を胡乱《うろん》な目で見た。

「いえ、お忙しい対馬守さまにお手間を取らせてはなんでございまするし。もし、大坂でなにかしら伺いたいことができましたら、またお目通りを願いまする」

「さようか。お役目とあれば、引き留めもできぬ」

安藤対馬守が聡四郎の申し出を受けた。

「城外ながら、組屋敷に長屋を用意してある。身のまわりの世話をする者も手配した。好きなだけ大坂を見て回るとよい。堺《さかい》まで足を延ばすのもよいぞ」

「お気遣い、かたじけなく。遠慮なくご厚意に与《あずか》りまする」

聡四郎が礼を言って、受けいれた。

安藤対馬守との面会を終えた聡四郎は用人の左内によって、追手門外の城代家臣たちのために用意された組屋敷へと案内された。

「こちらでござる。御家来の衆は、すでにお入りでござる」

左内が長屋の前で告げた。

「案内ご苦労であった」

いかに城代の用人とはいえ、陪臣《ばいしん》である。聡四郎は鷹揚にかまえた。

「なにかご不便がございましたら、ご遠慮なくお申し付けくださいませ」

長屋のなかに入ることなく、左内が去っていった。

「お帰りなさいませ」

聡四郎の声に気づいたのか、玄関まで紅とよく似た年頃の女が迎えに出てきた。

「そなたは……対馬守さまが言われていた世話人か」

「さようでございまする。安藤家家臣須壁《すかべ》三ノ進《さんのしん》が姉の、郁《いく》と申しまする。水城さまご滞在中の御身のまわりをさせていただきまする。どうぞ、よしなに願いまする」

郁と名乗った女が手を突いた。

「旗本水城聡四郎じゃ。世話になる」

聡四郎が応じた。

「早速、お濯ぎを」

水を入れた手桶を用意した郁が、聡四郎の足から草鞋《わらじ》を外し、洗い始めた。

「…………」

若い女に足を洗わせた経験などない聡四郎が困惑した。基本、武家は妻以外の女と触れあわない。これはかつて戦場で、傷がなくとも血を流す性である女は不浄のものとして避けられてきた名残《なごり》であった。

「……どうぞ」

ていねいに水気を拭き終えた郁が、聡四郎を促した。

「ああ……」

なんと声をかけていいのかわからず、聡四郎はそれだけ口にして、長屋へとあがった。

「お帰りなさいませ」

大宮玄馬が奥の間で控えていた。

「あれはなんだ」

小声で聡四郎が問うた。

「やはり、お気になられまするか。少し、調べさせましょう。こういったことは、口の軽い小者たちがよろしいかと思いまする」

「であるな。傘助、猪太」

「へい」

聡四郎に呼ばれた小者二人が、うなずいた。

三

左内は城代屋敷に戻り、安藤対馬守に復命した。

「水城さまを長屋にお連れいたしましてございまする」

「うむ。で、女の手配もしてあるな」

「須壁の姉を行かせましてございまする」

「……須壁、おおっ、三ノ進か。三ノ進が姉といえば、一度縁づいたが、夫を亡くして戻ったと聞いている。ならば、多少のことでは騒ぐまい」

「はい」

思い出した安藤対馬守に、左内が首肯した。

「因果《いんが》も含めてございまする」

「……よし」

小声で告げた左内に、安藤対馬守がうなずいた。

「ところで、そなたはどう見る」

安藤対馬守が左内に聡四郎の感触を問うた。

「堅くしなやかな、竹のような……」

「ほう、かなり買うの」

左内の感想に、安藤対馬守が驚いた。

「旅籠にも問い合わせたのであろう」

「もちろんでございまする。多田屋という老舗の旅籠でございましたが、城代の用人だと申しましたら、素直に応じまして……」

安藤対馬守の質問に左内が続けた。

「……水城さまは到着以来、大坂の町を歩かれたようでございまする」

「どの辺りをだ。新町に行ったというのは、先ほど本人から聞いておる」

詳細を安藤対馬守が求めた。

「堂島へ行ったそうでございまする」

「……堂島か」

安藤対馬守が苦い顔をした。

「また、扱いにくいところへ」

「はい」

まだできて間もない堂島は、武家が持ちこむ米を使って、商人が儲けている。とはいえ、米の相場で大儲けをしたとしても、武家に還元はされない。

「運上金を納めているのはたしかだが……」

米の相場は、堂島ができる前にもあった。北浜の米市場で、今年の米の出来を予想して、凶作と思えば買い、豊作だと思えば売る。予想が当たれば儲かり、外れれば大損する。

これを北浜のころは米問屋が個別におこなっていた。それが堂島へ移ったことで、米の相場が立つようになった。

多くの商人が一堂に会し、米の先行きを占う。今まで個人の思いで賭けてきた相場が、集団の思惑で動く。

「揚げの備前屋だ」

「弱気の周防《すおう》屋が動いた」

米の値段は上がり続けるほうに賭けるのを揚げといい、下がるほうに乗るのを弱気と呼ぶ。堂島独特の言い回しもできてきた。

「米の相場に武家は入っていけない」

安藤対馬守がため息を吐いた。

武家は戦って土地を得、そこから取る年貢で生きている。極端な話、現物だけで生きていける。それが影響しているかどうかはわからないが、武家は金を稼ぐことを嫌う。いや、金を卑《いや》しいものとして忌避《きひ》する。

「相場のもととなる米を堂島に持ちこんでいるのは、我ら武家なのだが……恩恵を受けてはいない」

大坂を支配する者としての苦悩を安藤対馬守が見せた。

堂島に米会所ができる前から、大坂は武家よりも商人が多かった。これも大坂城代という役目が影響していた。大坂城代と定番は、せいぜい五万石ていどでしかない。しかも国元や江戸藩邸にも人を配さなければならないため、軍役どおりの人数を大坂へ連れてきてはいない。三家合わせて、出せる兵力はようやく五万石ていどである。

天下人となった豊臣家の城下町として発展した大坂に五万石ていどの藩士では、武家がいないに等しい状況になり、どうしても町の主人公は町人になる。

徳川幕府は武家によって成り立つ天下である。基本どころか、そのすべてが武家のためになっている。だが、武家の多い江戸はともかく、武家よりも公家の多い京、武家よりも町人が多い大坂では、その威も陰る。

事実、五代将軍綱吉が出した生類憐《しょうるいあわ》れみの令も、江戸では厳格に運用されたが、大坂では骨抜きになっていた。

「町人が金を持つのは、よろしくない」

安藤対馬守が首を横に振った。

天下泰平になったことで、あらゆるものの値が騰《あ》がった。物価の上昇に直接かかわった商人はもちろん、作ったものの値段が高くなった職人は、支出にふさわしい収入の増加を得ている。しかし、武士はそうはいかなかった。

武士の収入は年貢である。物価が騰がったといったところで、米の出来がよくなるわけではなく、年収は固定されている。

安定している、来年の収入も確定しているといえば、たしかにそうだが、物価が騰がってしまえば、実質減収になる。

収入が減ったならば、それに応じて生活の質を落とせばいい。三日に一度だった魚のおかずを十日に一度に減らす。味噌汁に入れていた具をなくす。二年に一度仕立てていた着物を古着に替える。雇っていた女中に暇を取らせ、妻あるいは娘が家事をする。

やりようはいくらでもある。

だが、そうはいかないのだ。武士には面目というものがある。

「某の身形が、みすぼらしくなったの」

「最近、某が痩せてきたが、食べているのか」

評判は武士にとって大きなものだけに、つい無理をしてしまう。

当たり前だが、身の丈に合った生活をしなければ、金が足らなくなってしまう。

金が足らなくなれば、余っている者、あるいはそれを生業《なりわい》にしている者から借りることになる。

「大坂の武家は商人から金を借りている。金を借りれば、どうしても立場が弱くなる。大坂は商人に牛耳《ぎゅうじ》られているといえる」

大坂城代となった安藤対馬守は、就任当初、江戸との違いに戸惑った。

「道を歩いていても、向こうから商人が来ると、武家のほうから、挨拶に出向いている。江戸ではあり得ぬ」

安藤対馬守があきれた。

江戸の武家も商人から金を借りている。しかし、江戸で大坂のようなことは起こっていない。つきあいのある武家を見かけたら、かならず商人のほうから挨拶に行く。茶会や俳句など趣味の集まりでもない限り、武家がどのような場でも商人より上座に着く。

「大坂では武家が商人の鼻息を窺っている。だから、幕府の決まりが浸透しない」

生類憐れみの令のもと、江戸では見つかっただけで死罪になった薬喰《くすりぐ》い、いわゆる猪や兎などを食することも、大坂ではおこなわれていた。さすがに看板を出してはいなかったが、はばかることなく獣肉を売り買いする店は営業していた。

「堂島を見た……まずい」

安藤対馬守が目をつぶった。

「大坂では商人が力を持ち、武家のいうことを聞かない。いや、武家を思うようにあごで使っている。このような状況を上様が知られたらどうなる」

「…………」

陪臣の身分で将軍云々《うんぬん》の話には加われない。左内が沈黙を守った。

「上様がなされようとしている御改革は、倹約を主とした財政引き締めである」

大坂城代は次の老中、このままいけば、安藤対馬守は吉宗がおこなおうとしている幕政改革を実際に担う立場になる。

「倹約は、商いと相容《い》れぬ」

物を買わず、今あるものを使え。贅沢をするな、絹物ではなく木綿物を身に纏《まと》えというのが倹約である。

もし倹約がはじまったら、商人はたまらない。物を売り買いすることで金を儲けているのだ。商いがなくなれば、儲けられなくなる。また、贅沢品ほど利ざやはでかい。

「大坂商人は倹約令に従うまい。そして商人のほうを見ている大坂の武家は、目の前で絹物を着ている町人がいても、見て見ぬ振りをする。国でもっとも金が集まる大坂が倹約を無視すれば、改革など成功するはずはない。そして……」

安藤対馬守が額から汗を垂らした。

「……その大坂での失敗の責は、大坂城代が取らされる。そう、余が上様より咎めを受ける。躬のやることをわかっていながら、大坂をまとめられなかった、なんのためにそちを大坂城代に抜擢したと思っておるのだと」

「殿……」

小さく震えた安藤対馬守に左内が泣きそうな顔をした。

「どうぞ、どうぞ、わたくしめにお任せくださいませ。きっと殿の憂さを晴らしてご覧に入れまする」

左内がきっと顔をあげた。

「やってくれるか」

「はい。先祖代々お家からいただいたご恩に比べれば、たいしたことではございませぬ」

喜色を浮かべた安藤対馬守に左内が微笑んだ。

「頼む、頼むぞ」

安藤対馬守が、繰り返した。


郁は、料理もできた。

「嫁にいっておりましたので」

夕餉の出来を褒めた聡四郎に、郁がさみしそうに笑った。

「そうか」

立ち入って訊くわけにもいかない、聡四郎は郁から目を離した。

「馳走であった」

「お粗末さまでございました」

食事は武家風に質素で味付けの濃いものであった。

「後片付けは、こちらですませておく。暗くならぬうちに帰られたがよい」

聡四郎が郁へ勧めた。

「……わたくしもこちらで起居いたしまする。でなければ、夜中の御用に応じられませぬ」

「夜中の御用だと」

いくら朴念仁《ぼくねんじん》の聡四郎でもそれがなにを意味するかくらいはわかる。

「…………」

声を尖《とが》らせた聡四郎に、郁が俯いた。

「不要である」

「……帰れませぬ」

拒んだ聡四郎に、郁が首を左右に振った。

「どういう意味だ」

「弟にきつく言い含められておりまする。水城さまが大坂におられる間、わずかでもご不便を感じさせてはならぬと」

一度縁づいて戻った女は、実家でも肩身の狭い思いをする。また、武家では当主が絶対であり、それが息子であろうが、弟であろうが、指示には従わなければならなかった。

「むうう」

聡四郎がうなった。

「…………」

すがるような目で、郁が聡四郎を見上げた。

「部屋はあるのだな」

まさか、共寝のつもりでおりましたなどとは言うまいなと聡四郎が確認した。

「はい。こちらから台所に至る廊下の突き当たり左手に、いただいております る」

夜這《よば》いに来いと言わんばかりに、ていねいな答えを郁が返した。

「わかった。ただし、夜中の出入りは慎め」

露骨に言うことは、武家の当主としてはできない。暗に聡四郎は、おとなしくしてくれと釘を刺した。


大工の棟梁《とうりょう》、左官の親方が、そろって首をかしげた。

「日雇いの連中が少ないな」

技や経験の要らない荷運び、現場の清掃、壁土を捏《こ》ねるなどの仕事をさせる日雇いの人足や浪人が、いつもの半分も来ていなかった。

「まあ、こういう日もあるさ」

一日はそれですんだ。

日雇いの人足たちは、雲助《くもすけ》とまではいわないが、不安定な者である。しばらく居着いたかと思えば、いつのまにかいなくなっている。かと思えば、半年ほどでまた顔を見せる。

雇うほうも大工や左官らの職人と同じように、いつまでと期間を決めたりはしない。雨が降れば仕事はなくなるし、いつも雇っていても別に適当な人材があれば断る。

棟梁、親方と呼ばれる職人と、日雇いとの関係は希薄であった。

「どうなっている」

それが二日目、一層、人の集まり具合が悪くなっていた。

「このままでは仕事にならねえぞ」

棟梁や親方の顔色がなくなった。

雑用に職人は使えない。職人には職人の誇りがある。日雇いのやるような仕事をさせたら、その場から帰ってしまい、二度とその棟梁や親方のもとでの仕事は受けなくなる。

かといって職人だけで、仕事は回らない。土を捏ねる人足がいなければ、壁はできないし、現場の清掃具合が悪ければ、仕事の効率は悪くなる。

「口入れ屋へ」

棟梁と親方が走った。

日雇いの人足や浪人が減ったのは、相模屋伝兵衛のせいであった。

「五百文出す。大川端を歩いて……」

一日うろつくだけで、人足仕事よりも実入りが良い。

「見つけたら一両」

褒賞金も魅力であった。

人足や浪人の生活はつましい。

日雇い仕事の最中は昼飯を喰えない。現場近くに安い煮売り屋があるかどうかわからないし、日雇いなので毎日行くところが違う。場所が変わるたびに煮売り屋を探すのも手間だから、一日二食になる。朝晩とも煮売り屋で飯と菜と汁ならば、一日百二十文もあれば足りる。晩酌に酒を付けたところで二百文もあれば十分、となれば、一月六千文、およそ一両二分でいける。

うまくいけば、一日で一両と五百文入るのだ。雨が降ろうが風が吹こうが、かかわりもない。誰かが一両もらって、仕事がなくなっても、普段の日雇いに戻るだけ。そんなありがたいことを、見逃すはずはない。

「どうでした」

日暮れに相模屋伝兵衛に成果の報告をすれば、金をもらえる。

「両国橋の付近ではなにも」

「霊岸島《れいがんじま》まで足を延ばしやしたが、あいにく」

「ご苦労だったね」

失望の結果でも、相模屋伝兵衛は金を惜しまない。

「明日も頼むよ」

「へい」

金を受け取って、人足や浪人たちは喜んで帰っていく。

一日、長屋で寝ていて、いかにも探し回ったような顔で金をもらおうとする者はいなかった。

もし、ばれれば江戸に居られなくなる。相模屋伝兵衛の顔はそれだけ広い。

「この者、当家の出入りを禁じましてございまする」

人相書が回されれば、他の口入れ屋はもちろん、大工の棟梁、左官の親方も、相手にしてくれない。

「出ていってくれ、相模屋さんを騙《だま》すような男は、置いちゃおけない」

どころか、長屋も追い出される羽目になる。

「今日も……」

あれ以来、紅は寝付いてしまっていた。黙って枕元に座った父に、紅が力なく目を閉じる。

「きっと無事だ。紬さまを害するつもりならば、端《はな》から連れていきはしない」

人質は生きていてこそ、価値がある。殺すわけにはいかなかった。

「…………」

相模屋伝兵衛の慰めに、紅が無言で涙を流した。

四

新任の南町奉行大岡《おおおか》越前守忠相《ただすけ》も表情には出さないが、焦っていた。

「本日もなにもございませぬ」

筆頭与力が、気まずそうな顔で大岡越前守に報告した。

「さようか。明日も頼む」

大岡越前守は叱責しなかった。

「お奉行さま」

「なんじゃ」

筆頭与力が求めた発言を、大岡越前守が許した。

「公にはできませぬか」

人を探すとなれば、どれだけ多くの手助けを得られるかにかかっている。こういう人物を探していると公表すれば、こちらから探しに行かずとも、見かけたという情報がもたらされることがある。実際、人探しは公表すれば解決することが多かった。

「ならぬ。そなたらには明かしたはずじゃ。探しているのが、上様のお孫さまだと」

「では、中町までとは申しませぬ、せめて北町奉行所にも協力を願っていただきたく。北町の管轄である神田川以北を調べるのが、難しゅうございまする」

「認められぬ。これは、上様から余に命じられた密事である」

筆頭与力の進言を大岡越前守は拒んだ。

五代将軍によって江戸の町奉行所は、南北では足りぬと中町が加えられた。しかし、無理矢理割りこんだ形の中町奉行所は、独自の管轄を持てず、何をするというより、南北の要請があれば出るといった状態でしかなく、経費に合わないとして廃止が検討されていた。

「それでは、十全な対応ができませぬ。北町の縄張りで、我らはおおっぴらに動けませぬ。地元に詳しい御用聞きに話を聞くことさえできぬのでございまする」

　無理だと筆頭与力が悲鳴をあげた。

「北町に報せて、もし話が漏れたらどうなる」

「それはっ」

　大岡越前守に睨まれた筆頭与力が詰まった。

「南町で漏れたならば、余が腹を切ればすむ。もし、北町ならば、余は責任を負わぬぞ。そうなれば、話を勧めたそなたが責任を取ることになる」

「……ごくっ」

　筆頭与力が音を立てて唾を呑んだ。

　南町奉行が切腹するほどの罪を、目通りさえできない筆頭与力が負えるはずもなかった。己が切腹しただけでは終わるはずもなく、家は改易《かいえき》、家族は流罪《るざい》になる。

「……………」

「わかった。明日にでも上様へお願いしてみよう。北町奉行の中山出雲守《なかやまいずものかみ》どのにもお命じくださいませとな」

泣きそうな筆頭与力の表情に、大岡越前守がため息を吐いた。

「かたじけのうございまする」

「ただし、それは南町奉行所だけでは、江戸の城下を護りきれませぬと上様へ申しあげることになる。無事に姫さまを見つけたとしても、余とそなたは職を退かねばならぬぞ」

「……しばし、上様へのお願いはお待ちをくださいませ」

辞職を突きつけられた筆頭与力が掌《てのひら》を返した。

町奉行を道連れにしたとなれば、筆頭与力の家は八丁堀《はっちょうぼり》にいられなくなる。家は残るが、まちがいなく大番組や先手組《さきてぐみ》へ異動、下手をすれば、同心に格下げのうえ、佐渡《さど》奉行、下田《しもだ》奉行などの配下として飛ばされる。余得が本禄の数倍ある裕福な町奉行所与力から、遊ぶところもない遠国勤務になるのは辛い。

「いつまで待つのだ」

「あと三日、三日くださいませ」

期限を求めた大岡越前守に筆頭与力が頼みこんだ。

「わかっておらぬようだの。かかっているのが、上様の孫姫さまの安全だということを」

「ひえっ」

氷のような目で睨まれた筆頭与力が竦みあがった。

「町奉行に就いて、気づいたことがある。そなたたちは、人が殺されようが、金を盗まれようが、どこか他人事のように見ている。下手人を捕まえずとも、盗賊を防げなくとも、そなたたちの地位は変わらぬ。手柄を立てようが立てまいが、境遇が変わらぬという点には同情いたすが、だからといって役目をおろそかにしてよいというものではない」

「け、決してそのような……」

やる気がないと決めつけた大岡越前守に、筆頭与力が抗議の声をあげようとした。

「こたびのこと、失敗いたさば、町方役人すべて、南北中を問わずじゃ、入れ替えとなることを覚悟せよ。余が切腹前に、その旨《むね》を上様へ上申いたす」

「……………」

大岡越前守の覚悟に、筆頭与力が言葉を失った。

「わかったならば、さっさと行け。余の前で間抜けな面を晒しているだけで、姫さまが見つかるというならば、別であるが」

「は、はいっ」

嘲弄された筆頭与力が、飛んでいった。

「一度ついた傷を消す好機だと喜んで南町奉行になったが……なんともはや、貧乏くじであったな」

大岡越前守がため息を吐いた。

二十年以上前の元禄九年（一六九六）、従兄弟《いとこ》で大番士の大岡五左衛門忠英《ござえもんただふさ》が上役の大番頭高力伊予守忠弘《こうりきいよのかみただひろ》と口論、相手を斬り殺した後、高力家の家臣によって討ち取られるという事件をおこした。これに家督を継ぐ前の大岡越前守も連座させられ、閉門蟄居《へいもんちっきょ》の処分を受けた。

連座とはいえ、処分を受けたのはまちがいない。一千九百二十石という名門旗本としての経歴に傷がついた。幸い、処分は一年で解かれ、家督相続にはなんの影響もなかったが、当主となって二年間、無役でおかれた。

その後は、書院番、徒頭《かちがしら》、目付、伊勢山田《やまだ》奉行と順調に出世してきたが、ここから先の出世は、役職の数が激減するため、難しい。遠国奉行にも格があり、長崎奉行を筆頭に、京都町奉行、大坂町奉行など、伊勢山田奉行の上はあるが、どれも旗本垂涎《すいぜん》の役目である。一つの席を十人以上で奪い合うことになる。そうなったとき、決定要件になるのは、有力者の引き、それに伍《ご》するだけの金、そして傷のない経歴であった。

伊勢山田奉行であがりか、あるいは実父も務めた奈良《なら》奉行までいけるかとあきらめていた大岡越前守だったが、紀州藩主だったころの吉宗とかかわりがあったことで、町奉行という、旗本の顕官《けんかん》に抜擢された。

「よし」

手腕を見せてやると意気ごんでいたところに、今回のことであった。

うまく片付ければ、吉宗の信頼は今以上になり、町奉行の上、大目付や留守居《るすい》という大名一歩手前への出世が夢ではなくなる。いや、加増を受けて一万石をこえ、大名に列するかも知れない。

だが、しくじれば、吉宗の信頼は落胆にかわり、紬の状態如何《いかん》では切腹、大岡家は改易となりかねない。

「自ら、探しに歩きたいわ」

大岡越前守が嘆息した。

町奉行の役目は、犯罪の抑止、犯人の追捕《ついぶ》、罪の言い渡しだけではなかった。それは町奉行の一面に過ぎず、本来の役目は将軍のお膝元である江戸の城下町の安定を保つことである。そのためには、物価の統制、火事や疫病の予防、対策、町触《まちぶれ》の制定など、やることは山のようにある。

紬の誘拐が公にできない今、これらの役目をおろそかにするわけにはいかなかった。

「身の丈にあわぬ出世の代償……か」

もう一度大岡越前守が、ため息を吐いた。

入江無手斎、播磨麻兵衛らもじっとしてはいられなかった。

体力、気力ともに尽きかけている紅を看病するため、袖は残している。

「どうじゃ」

「……いいえ」

日が暮れには水城家に戻って、互いの成果を確認し合うが、未だに結果は出せていなかった。

「明日、儂は品川まで足を延ばしてみようと思う」

大川に舫ってある川舟ていどで、海へ出られるわけではないが、日本橋小網町《こあみちょう》あたりまでならば、十分に行ける。そこから陸を進めば、品川は指呼《しこ》の間《かん》であった。

「では、わたくしは日本堤《にほんづつみ》から、山谷《さんや》堀のあたりを」

逆方向を探すと播磨麻兵衛が言った。

「……ときと手が足りぬ」

時間と人手がなさすぎると入江無手斎が肩を落とした。

「実状を明かせるほどの相手がおりませぬ」

播磨麻兵衛も力なく首を横に振った。

「お役目とはいえ、ここにおらぬ聡四郎と玄馬がうらめしいわ」

入江無手斎が弟子たちの留守を嘆いた。

「…………」

脱力していた播磨麻兵衛が、不意に背筋を伸ばした。

「誰か来たな」

ほぼ同時に、入江無手斎も気づいた。

「足音が軽すぎまする。忍……一人、いや、二人か」

耳を澄ましていた播磨麻兵衛が、険しい顔をした。

「藤川の手の者か」

「……それにしては、隠れようとする気配が感じられませぬ」

問うた入江無手斎に、播磨麻兵衛が首をかしげた。

「……これは」

すっと播磨麻兵衛が立ちあがった。

「敵ではないな」

播磨麻兵衛の雰囲気が柔らかくなったのを見て、入江無手斎が緊張を解いた。

「出迎えて参りまする」

すっと播磨麻兵衛が玄関へと向かった。

「そうか、もう一人伊賀の郷忍が聡四郎に雇われたと言っていたな」

入江無手斎が来訪者の正体に思いあたった。

「人手が増えましてございまする」

播磨麻兵衛が戻って来た。

「伊賀の住人、山路兵弥《ひょうや》でございまする」

「同じく伊賀の郷より、殿さまに召されて参りました菜《さい》と申しまする」

初老に見える男とまだ若い女が入江無手斎に頭を垂れた。

「水城家の家人、入江無手斎じゃ。よく、来てくれた」

入江無手斎が歓迎した。

「麻兵衛から、大まかな話は伺いました。わたくしどもも、姫さまをお探しすればよいのでございまするな」

山路兵弥が入江無手斎に確認した。

「江戸の地理には不案内ではあろうが、頼む」

入江無手斎が頭を下げげた。

「とんでもないことをなさる」

「なにをなさいまする」

山路兵弥と菜が慌てた。

忍というのは、想像を絶する修行を重ね、常人では届かない体術の極みにいたる。それこそ一間（約一・八メートル）の塀を跳びこえ、すさまじい疾さで走る。気配を絶ち、闇に潜む。そのため、狐狸《こり》妖怪、人外《じんがい》化けものの類《たぐ》いとして忌避されている。他にも、剣や槍ではなく、手裏剣や毒を遣って敵を害するため、卑怯者《ひきようもの》として蔑《さげす》まれてもきた。

そんな伊賀の郷忍たちに、武を極めた剣術遣い、入江無手斎が頭を下げるなど、とんでもないことであった。

「姫さまは、儂にとっても畏れ多いことながら、孫のようなものなのよ。妻も娶らず、子もなさず、終生剣に生きた儂にとって、姫さまのご成長だけが生きがいである。姫さまが無事にお戻りあるというならば、この命など惜しくはない。頭なぞ、百でも二百でも下げる」

入江無手斎が頭を下げたままで述べた。

「……入江さま」

播磨麻兵衛が感激した。

「儂の行動は、先ほどの通りだ。そちらは任せてよいな」

「もちろんでございまする」

差配を任せると言った入江無手斎に、播磨麻兵衛が首肯した。

五

毎日、郁は左内に呼び出されていた。

「その顔では、昨夜も駄目だったようじゃな」

左内が郁を見て、ため息を吐いた。

「申しわけございませぬ」

「そなた、なんのために行かされたかわかっておるのか」

「重々承知いたしております る」

目を伏せて、郁が答えた。

「まさか、拒んだりはしておるまいな」

「もちろんでございまする」

疑いの目で見た左内に、郁が強く首を横に振った。

「いつ大坂を離れられるかわからぬのだぞ。今夜が最後だと思って尽くせ」

「わかりましてございまする」

左内に強制された郁がうなずいた。

「……これで接しよ」

郁に近づいた左内が、いきなりその襟元を開いた。

「なにをっ」

「なんのために膨らんでおる。それを武器といたせ」

あわてて襟元を合わせようとした郁を、左内が叱った。

聡四郎たちは、困惑していた。

「見張り付きだの」

聡四郎が苦笑した。

「京都所司代さまよりも、面倒でございますな」

大宮玄馬も同意した。

「よほど、吾のことが気になるらしい、安藤対馬守さまは」

「我らがなにを見て回るかが、それほど気になるのでしょうか。京都所司代さまも、大坂城代さまも」

大宮玄馬が首をかしげた。

「我らを見ているようで、そのじつは上様の鼻息を窺っておるのよ」

なんともいえない顔を聡四郎はした。

「上様は恐ろしいお方でございますゆえ」

大宮玄馬も吉宗に何度も会っている。陪臣としては、もっとも吉宗をよく知っていた。

「この後どうするか……大坂はこれ以上見て回れまい」

後ろに目があるところで、まともな視察などできるはずはなかった。

「たしかに難しゅうございます」

疲れた表情で、大宮玄馬が首肯した。

「思いきって長崎まで足を延ばすか、それとも、伊勢を見て江戸へ戻るか」

どちらも人の集まるところである。

「上様からのお指図は……」

「来ておらぬのだろうな。安藤対馬守さまから、なにも言われておらぬ」

確認した大宮玄馬に、聡四郎が首を横に振った。

大坂城代、京都所司代のどちらも凡庸《ぼんよう》あるいは、愚か者で務まるものではない。いや、譜代大名のなかでも俊英で鳴らした者でなければ、ここまであがって来ることはできないのだ。嫉妬や嫌がらせなどで、吉宗からの連絡を隠す、あるいは遅らせるようなまねはしなかった。御用飛脚はもちろん、その他の使者でも、いつどこへ泊まったとか、何日の何刻に大坂城代や京都所司代に、江戸からの書状を手渡したかが記録される。

「来ておりませぬ」

「二日ほど前に、水城は当地を離れてしまいましてございまする」

このような隠蔽《いんぺい》は無意味であった。

もし、連絡をしなかった、あるいは故意に邪魔したと、後日吉宗に知られたら、己の出世は終わる。

「伊勢はまだしも、長崎ではまだ日数がかかる。行くとなれば、一度上様にお許しをいただいてからのほうがよいだろう」

聡四郎が難しいと言った。

「好きなだけ、世間を見て来いとはお許しをいただいているが……」

一度口にした言葉を取り消すことを吉宗はしない。だが、吉宗の心づもりもある。長崎へとなると少なくとも一月はかかる。

「我が邦《くに》で唯一、外へ開かれた港町。異人が闊歩《かっぽ》し、見たこともない文物《ぶんぶつ》があるといわれる長崎を見てはみたい」

聡四郎が目を閉じた。

「紀伊国屋文左衛門《きのくにやぶんざえもん》が一度、長崎で食されているという豚や豆を馳走してくれたことがあった。あのときは、紀伊国屋文左衛門とのかかわりもあったし、なにより見慣れぬ食いものに腰が引けていたが……今思えばもったいないことをした」

「殿が御勘定吟味役をなされていたころのおはなしでございますな」

「ああ」

懐かしそうに聡四郎がうなずいた。

「そういえば、紀伊国屋文左衛門はどういたしたのでございましょう」

「一度文をもらったな。邦を離れて異国にとな」

「異国に……国禁《こっきん》を破った」

聡四郎に聞かされた大宮玄馬が唖然とした。

幕府は鎖国を国是《こくぜ》としている。これはカトリックの教え、主こそすべてというのが、武士が庶民の上にあり、将軍がもっとも偉いというやり方と反するからであった。

もちろん、カトリックのなかにイスパニアの侵略の先兵となって、他国を貶《おとし》めるという悪辣《あくらつ》な者がいたのも原因となっている。

国を閉じ、他国からの影響を排除しようとした幕府は出島《でじま》だけを開き、オランダ人、清《しん》国人以外の出入りを拒むとともに、日本に住んでいる者すべての出国も禁じてきた。もし、この国禁に触れれば、死罪になる。

その重罪を紀伊国屋文左衛門は犯している。さらに、そのことを堂々と幕府役人の聡四郎に通知してきた。

大宮玄馬が驚くのも当然であった。

「国禁だが、帰って来なければ、咎めはないぞ」

聡四郎が述べた。

渡航するなといったところで、出ていった者を捕まえには行けないのだ。もし、紀伊国屋文左衛門を捕まえるとしたら、町奉行所、あるいは長崎奉行所の役人、宗門改《しゅうもんあらため》を兼任する大目付のどれかが担当することになるだろうが、それら役人も国外へ出た途端に、国禁を犯したことになる。

「お役目で」

という理由は通じないのが、鎖国の禁なのだ。なにせ、海外にはカトリックの教徒や司祭が当たり前のようにいる。それらと役人が接触して、感化されないという保証はない。

幕府の考えは、疑わしきは許さずである。

「帰ってこなければ……」

「どうやら、紀伊国屋文左衛門にとって、この邦は狭すぎたようだ」

海外は広いと手紙に書いていた紀伊国屋文左衛門が実際に見聞して興奮している顔を、聡四郎は容易に想像できた。

「二度と会うことはあるまいが……」

「殿、なにやら寂しそうなお顔をなさっておられまする」

懐かしんだ聡四郎に大宮玄馬が告げた。

「あやつほど、己の思うがままに生きた者はいなかった。その想いの大きさも、図抜けていた」

「随分と買っておられますな」

感慨深げな聡四郎を、大宮玄馬が評した。

「いかんな。御上役人が国禁を犯している紀伊国屋のことを誉めてはいかぬ」

聡四郎が、苦く頬をゆがめた。

「水城さま」

そこへ襟元を大きく崩した郁が、廊下の襖を開けて顔を出した。

「……なんじゃ」

目を逸らすようにして、聡四郎が問うた。

「殿より急ぎお出でいただきたいと」

郁も聡四郎に目を合わさず、用件を伝えた。

「安藤対馬守さまがか。わかった」

立ちあがった聡四郎が、郁の隣を過ぎながら、注意した。

「どなたの指図か知らぬが、無理はなさるな」

「なっ……」

郁が真っ赤になった。


聡四郎を迎えた安藤対馬守が、しっかりと封緘《ふうかん》のされた状箱《じょうばこ》を差し出した。

「上様からじゃ」

「……上様から」

状箱を受け取った聡四郎が、怪訝な顔をした。

「そこで開封せよ。立ち会う」

「はっ」

御用飛脚となれば、大坂城代、京都所司代でなければ扱えない。しかし、その状箱には他見無用との但し書きが付いていた。かといって、渡したぞ、では話にならない。しっかりと聡四郎が受け取って、中身を確認するのを見届けなければならない。

「……これは」

「どういたした」

読み終わった聡四郎の驚きに、安藤対馬守が訊いた。

「なにをおいてもただちに帰府せよとのご諚《じょう》でございまする」

「緊急か。わかった。上様のご命とあれば従わねばならぬ。大坂城代に預けられている馬を貸す」

聡四郎の返答に、安藤対馬守が応じた。

「馬を……」

「それで堺に行け。今、書状を認める。大坂城代として船を出させる。江戸までならば、確実に船が早い」

首をかしげた聡四郎に、安藤対馬守が告げた。

「御助力かたじけなし。上様にもお伝えいたしまする」

十全な対応をしてくれたと吉宗に言うと聡四郎が礼をした。

「そうしてくれ」

これで失点の報告は避けられたと、安藤対馬守の顔から険が抜けた。

山路兵弥と菜が加わったことで、探索の範囲は拡がった。

「御師さま」

菜が興奮して戻って来た。

「見つけたか」

入江無手斎が身を乗り出した。

「姫さまを見つけられたわけではございませぬが、つい先月子を産んだばかりの女が行方《ゆきがた》知れずになっているとの噂を耳にいたしました」

「おおっ」

菜の報告を聞いた入江無手斎が声をあげた。

「詳細を、菜」

山路兵弥が菜を促した。

「はい。わたくしが今日聞きましたのは、深川八幡宮側の湯屋《ゆや》でございました」

「湯屋か……その手があったな」

菜の話に入江無手斎が手を打った。

火事を警戒している江戸は、民家に風呂を認めていない。家のなかのことなので、豪商などは内風呂を持っているが、表向き、江戸の庶民は皆湯屋に行く。

人が集まれば、噂も集まる。湯屋は、その町内だけでなく、江戸の噂の宝庫でもあった。

「そこで二刻（約四時間）ほど耳をそばだてておりましたら、五日ほど前に八幡側の長屋から一人の女が、いい稼ぎがあると言って、出ていったまま帰ってこなくなっていると」

「生まれた子供を残してか」

「はい。子供は近隣で面倒を見ているそうでございますが」

「男に走ったというようなことはないのか」

播磨麻兵衛が問うた。

女のなかには、吾が子よりも男を取る者もいる。

「いいえ。子を大事にするいい母親だったそうでございまする」

播磨麻兵衛の疑惑を、菜が否定した。

「子の側を離れて金を稼がねばならぬ理由があるのだな」

「さようでございまする。十日ほど前に、夫が……鳶職《とび》らしいのですが、屋根から落ちて骨を折ったとかで、医者代が嵩《かさ》むとこぼしていたそうで」

入江無手斎の念押しに、菜が答えた。

「どうやら、それらしいの」

「のようでございまするな」

呟くような入江無手斎に、播磨麻兵衛が首肯した。

「明日から、四人で深川八幡宮の辺りを探るぞ」

「今からでは……」

指示した入江無手斎に菜が問うた。

「土地勘のないところで、夜動くのはよろしくない。相手は堕《お》ちたとはいえ、伊賀者だ。夜はあやつらの味方になりかねぬ」

「夜はわたくしどものものでございまする」

首を左右に振った入江無手斎に、菜が喰い下がった。

「わかっている。だが、ことは姫さまのお命にかかわる。確実に、確実に一度で奪い返さねばならぬ」

安全を第一にせねばならぬと入江無手斎が口にした。

「なにより、奥方さまに朗報以外を聞かせるわけには参らぬ」

紅の限界が近いと入江無手斎は感じていた。

「……出過ぎたまねをいたしました」

菜が詫びた。

「いや、お手柄である」

手を振った入江無手斎が、一同の顔を見た。

「姫さまのために命をかけてくれ。頼む」

入江無手斎がふたたび頭を下げた。

光文社文庫

文庫書下ろし／長編時代小説
急《きゅう》　報《ほう》　聡《そう》四《し》郎《ろう》巡《じゅん》検《けん》譚《たん》㈤
著　者　上《うえ》　田《だ》　秀《ひで》　人《と》

2020年1月20日　初版1刷発行

発行者　鈴　木　広　和
印　刷　萩　原　印　刷
製　本　ナショナル製本

発行所　株式会社　光　文　社
〒112-8011　東京都文京区音羽1-16-6
電話（03）5395-8149　編　集　部
8116　書籍販売部
8125　業　務　部

ISBN978-4-334-77970-2　Printed in Japan

組版　萩原印刷